기억술사

2

KIOKUYA 2

ⓒ Kyoya Origami 2016
Illustration by loundraw
First published in Japan in 2016 by KADOKAWA CORPORATION, Tokyo.
Korean translation rights arranged with KADOKAWA CORPORATION,
Tokyo through Shinwon Agency Co.

오리가미 교야 장편소설 | 민지희 옮김

기억술사

2

처음이자 마지막

arte

차례

프롤로그   9

첫 번째 에피소드: 피신처가 필요해   25

현재 이야기 1   83

두 번째 에피소드: 트윈 스타   155

현재 이야기 2   251

기억술사는 해 질 녘에 나타난다.

기억술사는 기억술사를 필요로 하는 사람 앞에 나타난다.

기억술사는 자신과 연결된 기억을 남기지 않는다.

기억술사는 한번 지운 기억을 되돌릴 수 없다.

기억술사는…….

일러두기

———

옮긴이주는 괄호 안에 '옮긴이'를 함께 넣어 표기하였습니다.

프롤로그

유치원 앞뜰에서 귀여운 여자아이를 보았다. 새하얀 옷
을 입었는데 나풀거리는 밝은색 머리카락이 참 부드러워
보였다.

화려한 외모와 달리 살짝 처진 눈매가 온순하게 보이는
여자아이였다.

귀여운 아이와 친구가 되고 싶다는 생각이 들었다. 같
이 놀자고 해볼까 하며 주저하는 사이에 나쓰키보다 먼저
모르는 두 여자아이가 다가가서 그녀에게 말을 걸었다. 그
여자아이와 같은 반 아이들인 듯했다.

'앗! 한 발 늦었네' 하며 그들을 보고 있는데, "메이코, 넌
참 착하구나" 하는 소리가 들렸다.

(이름이 메이코구나.)

이름도 귀엽네. 나쓰키가 아끼는 양 인형과 이름이 비슷했다.

하지만 칭찬을 하는 그 목소리에서 왠지 모를 불길함이 느껴졌다.

메이코도 나쓰키처럼 그 목소리에 가시가 있다고 느낀 것 같았다. 우물쭈물하는 표정에서 읽을 수 있었다. 그렇지 않다고 부정하기도, 고마워하며 인사하기도 어려워 당황하고 있다는 느낌을 받았다.

"그런가……? 보통인 것 같은데."

메이코는 결국 곤란해하는 듯한 표정으로 대답했다.

여자아이들은 서로를 바라보고는 재미없다는 듯이 "보통이래" 하며 웃어댔다. 험악해지는 분위기에 지켜보던 나쓰키까지 긴장이 되었다.

"있잖아, 그 머리카락 일부러 그렇게 한 거야?"

둘 중 다른 아이가 메이코를 바라보면서 물었다. 부드러운 색과 질감이 느껴지는 메이코의 머리카락을 힐끗 쳐다보았다.

"응?"

"뭐 한 거냐고. 꼭 만화에 나오는 캐릭터 같아."

왜 그런 말투로 그런 질문을 하는 거지? 나쁜 짓 한 것
도 아닌데. 귀엽기만 한데.

나쓰키는 너무 놀라서 그대로 서 있을 수밖에 없었다.
그 목소리에는 명백한 악의가 깃들어 있었다.

"아, 응. 원래 이런 색이야. 곱슬거리는 것도⋯⋯."

메이코는 조용히 그렇게 대답했다. 울지는 않았지만 슬
퍼 보였다.

"그냥 물어본 것뿐이잖아. 우리가 뭐 괴롭히기라도 한
것 같네."

여자아이들은 서로 눈을 맞추고 그렇지, 하며 맞장구를
친 후 다른 곳으로 사라져버렸다.

홀로 남은 메이코를 보자 애처로운 마음이 들면서 화가
났다.

대화에 끼어들어 그만두게 할걸 하고 후회가 되었다. 이
상한 애라는 소리를 듣게 되더라도 그런 것 따위 신경 쓰
지 말고 구해줄걸. 그냥 물어본 것뿐이라고 시치미를 뗄
수도 있었지만, 그냥 모른 척 보고 있는 것보다는 나았을
것 같았다.

(저런 애들 상관하지 말고 나랑 놀자고 해보자.)

늦었지만 말을 걸어보기로 결심하고 발을 떼려고 했을

때, 또 다른 누군가에게 차례를 빼앗겼다.

"너 염색한 거 맞지?"

방금 여자아이들과 나눈 대화를 듣고 있었는지 어떤 남자아이가 히죽히죽 웃으며 메이코에게 말을 걸고 있었다.

"너 날라리구나?"

"원래 이런 색이야."

"거짓말. 외국 사람 머리색이잖아."

메이코는 인내심 있게 여자아이들에게 했던 설명을 또다시 반복하고 있었다.

이렇게 명백히 괴롭힘을 당하는 상황이라면 끼어들기 쉽겠다는 생각이 들어 얼른 뛰어가서 메이코의 손을 잡았다.

"저쪽에 가서 놀자!"

이번에는 성공이다.

메이코는 큰 눈을 더 크게 뜨고 나쓰키를 바라보았다. 개의치 않고 일단 손을 잡아끌고 걷기 시작했다.

"너희 뭐야" 하며 불만에 가득 찬 남자아이가 뒤에서 소리쳤다.

"너 다른 반 애지? 날라리 친구냐?"

"날라리는 너잖아. 참 못났다."

돌아보며 째려보자 그 남자아이는 꿀 먹은 벙어리처럼 입을 꾹 다물었다. 얌전하고 덤비지 않는 여자애들만 골라서 괴롭히는 비겁한 애들이다. 아마 몸싸움이 벌어져도 이길 수 있을 것이다.

그 남자아이가 더는 아무 말도 하지 않는 것을 확인하고, 나쓰키는 그대로 메이코의 손을 잡고 놀이기구가 있는 곳까지 걸었다.

아까 메이코에게 말을 걸었던 두 여자아이가 조금 떨어진 곳에서 이쪽을 쳐다보고 있었다.

"고마워……."

"아니야. 저런 애들 신경 쓰지 마. 그냥 놀리고 싶은 것뿐이야."

손을 놓고 서로 쳐다보았다. 메이코는 여전히 놀란 얼굴을 하고 있었지만, 나쓰키와 눈이 마주치자 작게 웃었다.

"너 착하구나……."

"응? 보통인 것 같은데."

오히려 좀 더 빨리 나서서 구해주지 못한 것을 반성하고 있었다.

메이코는 또 한 번 놀란 표정을 지었지만 이내 "그렇네, 보통이네" 하며 슬며시 웃었다.

귀여운 메이코의 웃는 얼굴을 보니 안심이 되었다.

"나는 오사키 나쓰키라고 해."

긴장하면서 자기소개를 했다.

"너 그 머리카락 정말 예뻐. 부드러워 보이는 게 꼭 양 같아."

나쓰키가 양을 좋아한다고 말하자, 메이코는 "고마워" 하며 킥킥 웃었다.

그렇게 나쓰키와 메이코는 친구가 되었다.

이미 십 년도 더 된 이야기다.

*

그날은 아침부터 갑자기 기온이 뚝 떨어졌다.

떨릴 정도로 추운 날이 이삼일 계속되나 싶다가 또 갑자기 겉옷이 덥게 느껴질 정도로 가을 햇살이 따뜻해지는 날씨가 반복되던, 12월을 며칠 앞둔 초겨울이었다.

둘둘 말아 구석에 처박아둔 무릎덮개용 담요 밑에서 한참 동안 쓸 일이 없었던 목도리를 꺼내 목에 두르고, 손난로를 주머니에 넣고 교복 치마 밑에 체육복 바지를 입고 집을 나섰다.

목도리를 얼굴 위로 끌어 올려 턱을 깊게 묻은 채로 걷다가 교문 앞에서 친구 메이코를 만났다.

"안녕, 메이코."

"아, 안녕 나쓰키. 너 그거 안 하기로 하지 않았나?"

"뭘?"

"체육복 말이야."

남색 치마 밑 검붉은 체육복 바지를 내려다보았다. 그렇지 않아도 매일 아침 엄마가 칠칠치 못하다고 잔소리를 했지만, 나쓰키는 겨울이 되면 항상 치마 밑에 체육복 바지를 입고 다녔다.

"근데 오늘 너무 춥잖아. 난 여름에 태어나서 추위에 약하다고."

"사촌 언니한테 받았다던 기모 타이츠는 어쩌고? 그것만 있으면 체육복 안 입어도 되겠다고 했잖아. 그렇게 좋은 걸 받아놓고 아깝게……."

"뭐? 그게 뭐였지?"

"너 정말 못 말린다, 정신 좀 차려."

메이코는 질렸다는 표정으로 말했다.

나쓰키는 이해할 수 없었다. 중학교 때부터 쭉 추운 날은 항상 이렇게 입고 다녔는데 뭘 새삼스럽게, 하는 생각이 들었다.

입을 삐죽거리고 반론을 하려고 하는데 누군가의 시선이 느껴졌다.

(응?)

몇 미터 떨어진 곳에 있는 전봇대 앞에 낯선 남자가 서 있었다.

나이는 삼십 대 초반 정도일까. 그 남자는 키가 크지 않고, 어려 보이는 얼굴에 안경을 쓰고 있었다. 흐릿하게 기른 수염은 얼굴과 어울리지 않아 보였다.

여고 앞이라는 점을 감안한다면 여고생을 관찰하려는 남자가 서 있다고 해도 이상할 것은 없지만, 그런 것치고는 음침한 느낌이 들지 않았다.

누군가를 기다리고 있는 것일까 하는 생각이 들었지만 등교 중인 여고생을 전체적으로 본다기보다 나쓰키와 메이코를 뚫어져라 응시하고 있는 듯했다.

나쓰키와 눈이 마주쳐도 눈길을 피하지 않았다.

하지만 몇 번을 봐도 처음 보는 얼굴이었다.

(뭐지……?)

나쓰키가 먼저 눈을 피해 조용히 그의 옆을 지나쳤다.

조금 긴장이 되었지만 말을 걸어오지는 않았다.

아무 반응이 없는 걸 봐서는 메이코가 아는 사람 같지도 않았다.

교문을 들어설 때 뒤를 돌아보니 그는 몸을 돌려서 아직도 이쪽을 바라보고 있었다.

(스카우트, 그런 건가?)

메이코는 얼굴이 예쁘기 때문에 스카우트 제의를 받는 일도 종종 있다.

걱정할 만한 일은 아닌 것 같지만, 메이코를 노리는 사람이거나 단순히 그냥 이상한 사람일 가능성도 있기 때문에 나중에 메이코에게 조심하라고 말해줘야겠다는 생각을 했다.

그런 생각도 그때뿐, 나쓰키는 금세 까먹어버렸다.

생각이 난 것은 방과 후였다.

교문에서 한 걸음 걸어 나왔을 때, 아침에 본 남자가 그 자리에 서 있었다.

(어머, 아직도 있네.)

놀라서 발걸음이 멈춰졌다.

메이코는 위원회가 있기 때문에 오늘은 혼자 집에 가려

던 참이었다. 설마 메이코를 기다리고 있는 걸까. 아침부터 지금까지 저기에 서 있지는 않았겠지만, 그의 집요함에 조금 겁이 났다.

학교로 되돌아가서 메이코에게 말해두는 편이 좋을까 하고 망설이고 있는데, 그가 나쓰키를 발견했는지 이쪽으로 다가오고 있었다.

순간 어떻게 해야 할지 망설여졌지만, 자세히 보니 그 남자는 선해 보이는 얼굴에 옷차림도 그리 나쁜 편이 아니었다. 여고생을 교문 앞에서 기다리는 행위만 접어두고 본다면 수상한 인상은 아니었다.

나쓰키가 잊고 있을 뿐 어딘가에서 만난 적 있는 사람일지도 모른다. 나쓰키는 잘 깜박거리는 편이어서 부모님이나 친구들을 놀라게 하거나 주의를 받는 일도 잦기 때문에, 그 가능성을 아예 부정할 순 없었다.

(아니면 재학생 관계자인데 뭔가 묻고 싶은 게 있을지도 모르지.)

교문 앞은 사람이 많이 다니기 때문에 혹시 무슨 일이라도 생기면 바로 학교로 도망치면 될 것이다.

생각 끝에 피하지 않고 그 자리에 선 채로 그가 다가오는 것을 기다렸다.

남자는 1미터 앞까지 와서 멈춰 서서 "오사키 나쓰키 양?" 하고 정확하게 나쓰키의 이름을 불렀다.

"누구세요……?"

역시 아는 사람이었던 것일까? 가까이에서 봐도 기억이 나지 않았다.

그는 겉옷 안주머니에서 금속으로 된 심플한 명함지갑을 꺼내서 명함을 한 장 내밀었다.

명함을 받아본 것은 처음이었기 때문에 어색하게 받아들었다.

파란색 라인이 들어간 명함 윗부분에 대형 신문사 이름과 로고가 새겨져 있고, '편집국 문화부 기자 이노세 깃페이'라고 쓰여 있었다.

"신문기자 이노세 깃페이라고 합니다. 잠시 얘기 좀 할 수 있을까요?"

"저요?"

메이코에게 용건이 있는 것은 아닌 듯했다. 게다가 상대는 신문기자다.

나쓰키가 명함과 선해 보이는 남자의 얼굴을 번갈아 쳐다보자, 그는 본인이 의심을 받고 있다고 생각했는지 지갑에서 운전면허증을 꺼내 내밀었다.

그의 증명사진 옆에 명함과 같은 이름이 쓰여 있었다.
수상한 사람은 아니라는 건 충분히 알았다.

"그보다 어떻게 제 이름을……."

이노세는 그 질문에는 대답하지 않고 미소를 띠며 "기억
술사라고 들어본 적 있니?"라고 물었다.

"기억술사요?"

이해가 되지 않는 질문이었다.

익숙하지 않은 단어였다.

'술사'라는 말이 붙는 걸 보니 무슨 직업을 말하는 건가?
아니면 영화나 그런 제목인가? 그것이 무엇이든 나쓰키는
들어본 적이 없었다.

"그게 뭐예요?"

솔직하게 모른다고 대답하자, 이노세는 "모르면 됐고"
하며 더는 묻지 않았다. 본론을 꺼내기 전에 그냥 한번 물
어봤다는 투였다.

"그보다 너를 좀 취재했으면 좋겠는데."

"취재요? 여고생 사이에서 유행하는 뭐 그런 거요?"

이노세는 어깨에 걸친 가방 안에 지갑을 넣고 "뭐 그것
도 관심이 없는 건 아닌데"라며 가볍게 부정했다.

"사 년 전에 있었던 이상한 사건에 대해서."

취재를 받을 정도로 특별한 경험을 한 기억은 없다.

사건이라는 말을 듣고 순간적으로 딱 떠오른 건 아니지만, 사 년 전에 있었던 일을 되짚어보니 짐작이 가는 데가 있었다.

무의식적으로 서 있는 길목에서 몇 미터 앞에 있는 빨간색 간판에 눈이 갔다. 지금은 주류 전문점으로 바뀌었으나 예전에는 그 자리에 빵집이 있었다.

"사건이라면…… 저기 빵집에서 일하던 점원이……."

말이 다 끝나기도 전에 이노세가 끄덕였다.

"너도 관계자지? 네 친구 가미쿠라 메이코 양도."

"관계자라고 할 정도는 아니지만……."

사 년 전 여름에 있었던 일이다.

당시 나쓰키는 중학교 일학년이었다. 지금 다니는 고등학교에서 걸어서 삼 분 정도 거리에 있는, 빵집이 있던 자리를 기점으로 직각에 위치한 여자중학교에 다니고 있었다.

그 일을 사건이라고 부를 수 있을까?

피해자와 가해자가 존재하는 그런 일이 아니었다. 단지 좀 이상한 일이 일어났을 뿐이었다. 하지만 좁은 동네이기 때문에 한동안 화젯거리가 되었다. 이게 뭘까, 참 이상한 일도 있구나 하며 어른들은 고개를 갸웃거렸고, 나쓰키도 수차례 질문을 받은 적이 있다.

나쓰키도 메이코를 포함한 친구들도 그런 질문에 아무런 대답도 할 수 없었다. 아무것도 몰랐기 때문이다.

하지만 사실은 소녀들이 뭔가를 알면서 입을 맞추고 있는 것이라고 의심하는 사람도 있었다.

그것 때문에 불쾌한 경험을 한 적도 있었다.

거의 잊고 지냈는데 다시 당시의 기억이 떠올랐다.

"얘기해달라고 해도 그 사건에 대해서 아무것도 몰라요. 메이코도 마찬가지고요."

"그건 알고 있어. 애초에 그런 사건이랄까…… 모른다는 그 자체가 사건인 건데. 내가 그 당시에 기억을 잃지 않았던 관계자를 만나서 좀 알아봤거든. 너도 조금은 관심이 있는 거 아니야? 기억을 못 한다면 더더욱."

교복을 입은 여고생들이 잇따라 두 사람 옆을 지나갔다. 교복 무리 사이에서 확연하게 눈에 띄는 이노세가 다들 신경이 쓰이는지 힐끔힐끔 곁눈질하는 애들도 있었다.

이노세는 특별히 불편해 보이지 않았지만 주변을 둘러보더니 "어디 앉아서 얘기할까?"라고 제안했다.

"주변에 사람들이 좀 있는 편이 낫겠지? 저 카페는 어때?"

"뭐든 좋아하는 거 사줄게" 하며 먼저 발걸음을 옮겼다.

나쓰키의 대답은 듣지도 않고 당연히 따라올 거라고 확신하는 듯 보였다. 소심해 보이는 선한 얼굴을 하고 있는 것치고는 꽤 억지스러운 행동이었다. 웃는 얼굴도 목소리도 부드럽고, 나쁘다기보다는 오히려 호감 가는 인상이긴 하지만…….

(어쩌지?)

아마도 위험한 사람 같지는 않다. 하지만 모르는 사람인데다 성인 남성과 하굣길에 카페에 들르는 것 자체가 중고등학교 전부 여중 여고를 다닌 나쓰키로서는 부도덕하다는 생각이 들었다.

그런 반면 강렬하게 호기심이 자극되고 있었다. 사 년 전 일로 이노세가 무엇을 알고 있는지 알고 싶었다.

만나서 이야기를 들었다는 관계자라는 사람도 누군지 궁금했고, 그 사건의 진상이 만약에 존재한다면 들어보고 싶었다.

이노세의 뒤를 따라 걸으면서도 계속 망설여졌다. 하지만 풍성한 관엽식물과 짙은 녹색 문, 벤치, 그리고 큰 창이 있는 카페 앞에 도착했을 때, 더 정확하게 말하자면 카페 입구에 서 있는 칠판의 메뉴 사진이 눈에 들어왔을 때 결심은 굳어졌다.

아몬드 크림 로열 밀크티와 소금 캐러멜 팬케이크의 유
혹은 거부할 수 없는 법이다.

첫 번째 에피소드

피신처가 필요해

"선생님, 목사탕 주세요. 목사탕. 어제 노래방에서 노래를 너무 많이 불렀나 봐요."

리놀륨 바닥에 깔린 카펫에 드러누워 오른손을 내밀고 있는 다테노 마코토를 바퀴 달린 의자에 앉아 내려다보았다. 마코토는 무언가를 조를 때만 보여주는 특유의 미소를 짓고 있었다.

그런 그녀에서 시선을 돌리고 보건 교사 미사에는 단호하게 대답했다.

"안 돼. 통 안에 있던 사탕 반은 네가 다 먹은 거야."

그러고는 노트북으로 이번 주에 배포될 《보건 소식》을 작성해나갔다.

"바닥에 그렇게 눕지 마. 교복에 주름 생기잖아."

마코토는 "치!" 하고 불만스러운 목소리를 내며 바닥을 뒹굴뒹굴하기 시작했다. 흐트러진 짧은 머리도, 치마에 생긴 주름도 신경이 쓰이지 않는 듯했다.

"진짜 목이 아프다고요. 좀 줘요."

"이미 수업 시작한 거 아니야? 다음 수업 뭐야?"

"아마 사회일걸요. 근데 목이 아파서 못 들어가겠어요."

"너 혼날래."

그 말이 떨어지자마자 예비 종이 울렸다.

같은 반에서 친하게 지내는 오사키 나쓰키가 데리러 와서 마코토는 마지못해 몸을 일으켰다.

마코토는 쉬는 시간마다 양호실에 와서 시간을 보냈다. 쉬는 시간이 아니더라도 종이에 손을 벴다거나 머리가 아프다거나 나른하다는 이유로 이곳에 왔다.

미사에 이외의 선생님들 사이에서는 반항적이라며 문제로 삼고 있는 듯했지만, 양호실에 있을 때의 마코토는 활발한 그 나이 또래다운 소녀였다.

그렇다고는 해도 미사에도 교사로서 마코토가 양호실에 틀어박혀 있는 것을 보고만 있을 수 없어서, 반에서 인기가 있고 마코토와도 사이가 좋다는 나쓰키에게 설득을 좀 해달라고 부탁한 적이 있었다. 그 부탁을 흔쾌히 받아들인 나쓰키는 미사에가 일러준 대로 "마코토가 빠지면 재미없으니까 우리 쉬는 시간에 밖에서 같이 놀거나 교실에서 수다 떨자"라고 설득했다.

"그럼 너도 양호실에 오면 되잖아"라는 마코토의 대답에 나쓰키는 "아, 그럼 그럴까?" 하고 쉽게 넘어가버렸다. 미라를 파내러 간 사람이 미라가 된 꼴이었다(처음의 목적을 이루지 못하고 반대의 결과가 되었다는 뜻 - 옮긴이).

나쓰키는 친구가 많고 교실에서 불편함을 느끼는 일은 없는 듯 보였지만, 마코토와 함께 지내다 보니 양호실이 좋아진 것 같았다. 마코토처럼 쉬는 시간마다 오지는 않더라도 지금은 세 번 중 한 번은 마코토와 함께 이곳에 온다.

"목사탕 딱 하나씩만 먹고 수업 들으러 가는 거다?"

"와, 고마워요, 선생님."

"좋겠다. 아사카 선생님, 나도 줘요."

"그럼 다른 애들한테는 비밀이다. 이번만이야."

"신난다."

마코토와 나쓰키는 목사탕이 든 둥근 통을 열어서 사탕을 하나씩 입에 넣었다.

뚜껑을 꼭 닫아 통을 원래 있던 자리에 되돌려놓은 두

사람은 "다녀오겠습니다", "잘 먹었습니다" 하며 교실로 돌아갔다.

미사에는 정말 못 말린다는 표정으로 둘을 보내고는 펄럭 책 넘기는 소리에 아직 한 사람이 남아 있다는 것을 떠올렸다.

너무 조용해서 항상 있는지조차 잊게 될 때가 많지만, 마코토와 비슷한 빈도로 이곳을 찾아오는 단골 중 하나다.

"니시카와, 수업은?"

"다음 수업은 체육이에요. 어차피 견학할 거라서."

미사에가 말을 걸어도 독서 중에는 책에서 눈을 떼지 않는다. 니시카와 유는 학교에 와도 거의 수업은 듣지 않고, 학교에 있는 동안에는 도서실이나 양호실에서 시간을 보낸다. 기본적으로는 도서실에 있으면서 다른 반이 수업으로 도서실을 사용할 때나 쉬는 시간에 다른 아이들이 몰리는 때에는, 조용히 책을 읽을 수 없다는 이유로 양호실로 피신해 오는 것 같았다.

그녀의 아버지가 유명한 작가라는 이유로 좀 특이하다는 것도 당연하다는 듯 받아들여졌고 성적도 좋았기 때문에, 그녀의 이런 행동을 엄하게 꾸짖는 선생님도 없었다. 어딘가 느슨한 교풍도 한몫했을 것이다. 그래도 처음에는 수업에 참석하도록 담임 선생님이나 교감 선생님이 타일 렀지만 한결같은 그녀의 태도에 지금은 거의 포기 상태에 이른 듯 보였다.

양호실에 있는 동안에도 미사에와 대화를 나누거나 하지 않고 계속 책만 읽는다. 빈 교실도 있는데 왜 일부러 이곳에 오는지 물어보니 "소독약 냄새가 좋아서요"라는 대답이 돌아왔다.

어느새 미사에가 있는 양호실은 '좀 특이한 아이들'이 모이는 아지트가 되어버렸다.

"실례합니다……."

모기만 한 목소리가 들리면서 양호실 문이 천천히 열렸다.

미사에가 문 쪽을 쳐다보니 죄송하다는 듯 고개를 푹 숙인 소녀가 서 있었다. 눈이 마주치자 "죄송해요" 하며 머리를 숙였다.

"역시 안 되겠니?"

"네……."

짧게 한숨을 내쉬면서도 그녀를 안심시키기 위해 미소를 지어 보였다. 들어와, 하며 손짓하자 소녀는 쭈뼛쭈뼛

문을 닫았다.

그녀의 이름은 일학년 삼반 나카노 사에. 그녀 또한 이 양호실의 단골이다.

그녀는 등교는 해도 교실에는 도저히 못 들어가겠다고 괴로워하고 있었다.

"아무렇지 않을 때도 있는 거지? 그날그날 다른 거구나. 무리하지 말고 다음 수업시간에 다시 한 번 도전해보자. 또 못 들어가겠으면 여기로 다시 오면 되잖아."

"죄송해요……."

"아니야, 괜찮아."

미사에는 그녀가 매우 섬세한 아이일 거라 생각했다.

자신과 이 양호실은 그녀에게 마음 놓고 쉴 수 있는 공간이어야 한다. 하지만 학생 보호를 목적으로 피신처 역할만 하다가는 그녀가 정말 고립되어버릴 수도 있다. 그렇기 때문에 그녀가 주저할 때에는 한 발 내디딜 수 있도록 용기를 주는 것도 우리 교사가 해야 할 일이라고 생각했다.

또 한 시간이 흘러 종이 울렸다. 슬슬 마코토도 돌아오 겠다는 생각을 하면서 작성 중이던 《보건 소식》 문서를 저장한 후 컴퓨터를 닫았다. 이제 점심시간이다. 이 학교에는 급식 제도가 없기 때문에 양호실 단골 소녀들은 대개 빵이나 도시락을 들고 와서 먹었다.

"실례합니다."

밝은 목소리와 함께 문이 열리면서 나쓰키가 얼굴을 내밀었다.

그 뒤를 따라 나쓰키와 친한 가미쿠라 메이코가 미사에에게 가볍게 고개를 숙이며 들어왔다. 고개를 내밀면서 양호실 안쪽을 들여다보는 포즈를 취하자 두 갈래로 허리까지 늘어뜨린 머리카락이 흔들렸다.

짧은 머리에 늘씬하고 키가 큰 나쓰키와 연약하고 여성스러운 메이코가 둘이 나란히 서 있으면 마치 왕자님과 공주님을 보는 것 같았다. 둘이 한 쌍으로 인기가 있는 것도 이해가 갔다. 인기가 있지만 덤벙거리고 어딘가 애 같은 나쓰키와 소극적이지만 야무진 메이코는 성격 면에서도 서로 부족한 부분을 채워주는 환상의 콤비였다.

"근데, 마코토는 같이 안 왔어?"

"마코토는 화장실에 간 것 같아서 먼저 왔어요. 어! 사에야, 안녕."

"안녕."

"나쓰키, 안녕……. 메이코도."

사에의 표정이 순간 밝아졌다.

내성적이고 눈에 띄지 않는 편인 그녀에게 이 두 사람은 부러움의 대상인 것 같다.

언젠가 사에가 저 둘과 같은 반이면 좋을 텐데 하며 중얼거리는 것을 들은 적이 있었다. 미사에는 사에가 교실을 거부하게 된 이유나 경위에 대해서는 잘 모르지만, 나쓰키나 메이코와 같은 반이었다면 아마도 그런 일은 일어나지 않았을지도 모른다고 생각했다.

"난 오늘 빵 사 먹으려고. 사에는 도시락 가져왔어?"

"응, 가져왔어."

"아, 그래? 그럼 나가서 사 올게. 메이코, 같이 가자. 어! 마코토."

나쓰키가 메이코와 함께 막 나서려는데 마코토가 졸린 얼굴로 걸어 들어왔다.

입구에서 마주친 나쓰키가 마코토에게 말을 걸었다.

"나랑 메이코는 모퉁이 빵집에 갈 건데, 마코토 너도 같이 갈래?"

미사에는 지금까지 마코토가 집에서 도시락을 싸 온 것을 본 적이 없다. 지금도 마코토가 빈손이라는 것은 한눈에 알 수 있었다.

하지만 마코토는 머리를 벅벅 긁고 "음, 됐어" 하며 시선을 아래쪽으로 돌리고는 거절했다.

"그럼 뭐 사다 줄까? 뭐가 좋아?"

"아 그럼, 야키소바 빵이랑 커피우유 사다 줘."

"오케이!"

마코토가 치마 주머니에서 100엔짜리 동전을 몇 개 꺼내 나쓰키에게 건넸다. 동전을 받아 든 나쓰키는 손가락으로 오케이 사인을 만들어 보였다.

눈앞에서 이루어지는 대화를 보며 미사에는 한숨을 쉬었다.

"너희 정말……. 내가 중학생이었을 땐 노는 애들이나 점심시간에 밖에 나가서 빵 사 오고 그랬다고."

"시대가 바뀌었어요, 선생님. 그리고 모퉁이 빵집은 특별하잖아요. 학교 바로 앞이라 뭐 이미 학교 매점 같은 곳이라고요."

모퉁이 빵집은 교문 바로 앞에 있는 빵집으로 원래 상호는 '베이커리 다카'였지만 아이들 사이에서는 '길모퉁이에 있으니까'라는 이유로 '모퉁이 빵집'으로 불렸다. 빵 이외에 과자 같은 것도 팔기 때문에 등하굣길에 아이들이 가장 많이 들르는 가게였다. 지금 학생들의 부모 세대 때부터 있었던 가게라는 이유로 선생님이나 학부형 들도 그냥 모른 척하는 기색이었다.

그럼 다녀올게요, 하고 밝게 손까지 올리며 양호실을 나선 나쓰키와 메이코를 보내고 실내로 눈을 돌리자 세 소녀가 가만히 바닥에 앉아 있었다.

유나 사에는 그렇다 치고 마코토가 조용히 있는 것은 드문 일이었다. 침대 다리에 기대 책을 읽고 있는 유 옆에서 뭔가 생각에 잠긴 듯 입을 다물고 있었다. 미사에는 무슨 일이지 하며 보고 있다가 눈이 마주쳤다.

"왜요?"

"응, 아니……. 기운이 없는 것 같아서."

"전혀요, 아무 일 없어요."

바닥에 두 다리를 쭉 뻗으면서 기지개를 켜는 걸 보니 변함없는 마코토였다.

"배고파 죽겠네" 하며 웃었다.

*

그로부터 약 한 달 후인 6월 중순쯤부터 나카노 사에는 학교에 나오지 않았다.

교실에 들어가지 못하는 날은 있어도 학교에는 꼬박꼬

박 왔던 그녀가 어느 날부턴가 갑자기 학교에 모습을 보이지 않았다.

반은 다르지만 걱정이 된 나쓰키와 메이코가 몇 번 만나러 갔다고 하지만 별 효과는 없어 보였다. 그 두 사람이 설득하지 못했다는 것은 다른 누가 가도 설득하지 못한다는 것을 의미했다.

사에의 담임 선생님도 찾아와 물어보셨지만 미사에가 대답할 수 있는 것은 아무것도 없었다. 미사에에게도 갑작스러운 일이었다.

마코토도 걱정은 하는 듯 보였지만 별말은 하지 않았다. 평소와 같은 건 유뿐이었다.

*

"일부러 여기까지……. 죄송해요, 선생님."

퇴근길에 새로운 《보건 소식》을 주러 왔다는 핑계로 사에를 만나러 그녀의 집에 들른 미사에를 맞아준 것은 사에와 비슷한 이목구비를 가진 그녀의 어머니였다. 송구스럽다는 듯이 머리를 숙였다.

"사에야, 사에. 선생님께서 와주셨어."

들어와 차라도 들고 가시라는 사에 어머니의 제안을 정중히 거절했다. 이 층에서 걸어 내려오는 사에는 생각보다 건강해 보였다.

"자, 여기. 《보건 소식》."

"고맙습니다……."

고개를 푹 숙인 사에에게 A4 갱지로 만들어진 소식지를 건넸다.

"다들 걱정하더라."

"……."

너무 설득해도 역효과가 날 것 같았다. 그렇지 않아도 이미 나쓰키나 담임 선생님에게 질리도록 얘기를 들었을 터였다.

"뭐, 서두르지 않아도 좋아. 갈 수 있을 것도 같고, 하는 생각이 들면 와. 기다리고 있을게."

걱정스러운 듯 이쪽을 보고 있던 사에 어머니께 인사를 하고 돌아서려고 하는 찰나였다. 사에가 "선생님" 하고 불렀다.

"기억술사라고 아세요?"

"응?"

기억술사?

뒤를 돌아 다시 한 번 물었다.

그 반응에서 미사에가 아무것도 모른다고 판단한 걸까.
사에는 "아무것도 아니에요" 하고 힘없이 웃었다.

"와주셔서 고맙습니다. 좀 더 있으면 학교에 다시 나갈
수 있을 것 같아요."

"어, 그래."

"만나면 얘기하겠지만 나쓰키랑 다른 애들한테도 고맙
다고 전해주세요."

"알겠어. 기다릴게."

'기억술사가 뭔데' 하고 다시 한 번 물어보고 싶었지만
사에 어머니가 신경 쓰였다. 사에는 그런 미사에의 심정을
꿰뚫어 보기라도 한 듯 "그럼 학교에서 뵐게요"라며 작게
손을 흔들었다.

*

사에는 미사에가 집을 다녀간 지 이틀 만에 다시 학교에
나왔다.

나쓰키는 "오랜만이야"라며 기뻐했지만 마코토와 유는
별 반응이 없었다. 학교에 나오지 않은 이유에 대해서 추

궁하지 않고 아무 일도 없었다는 듯이 양호실 단골 소녀들은 사에를 맞이했다. 미사에는 이곳이 소녀들에게 그런 공간이었으면 좋겠다는 생각이 들었다.

"기억술사라는 게 좋지 않은 기억을 지워주는 사람이래."

그렇게 말하는 사에의 목소리가 들렸다. 오랜만에 모두들 바닥에 둘러앉아 함께 점심을 먹고 있을 때였다.

"그런 사람이 있대. 진짜 있을까……?"

"그게 뭐야, 영화에서 나오는 얘기야?"

닭튀김을 손으로 집어 먹던 마코토가 물었다.

사에는 "나도 자세히는 잘 모르는데" 하며 운을 떼고는 설명을 시작했다.

"책에 나오는 얘기일 수도 있겠다. 도서실 선생님한테 들은 얘기거든. 기억술사는 잊고 싶은 기억이 있는 사람 앞에 나타나서 잊고 싶은 기억만 지워준대. 기억이 지워진 사람은 기억이 지워졌다는 기억까지 전부 사라지기 때문에, 싫은 기억도 처음부터 없었던 일이 되는 거니까 마음이 편해진대."

'도서실 선생님'이라는 건 도서위원 고문을 맡고 있는 선생님일 것이다. 이 학교 도서실에는 상주하는 사서가 없다. 서적 관리나 대출은 도서위원 고문 선생님과 도서위원이 맡아서 하고 있다. 지금 고문을 맡고 있는 선생님은 젊은 신입 교사라고 들었다.

미사에는 일학년 건강기록부를 정리하면서 소녀들의 대화에 귀를 기울였다.

"마법처럼 기억을 지운다고? 초능력, 그런 건가? 나 그런 얘기 꽤 좋아해."

나쓰키가 젓가락으로 달걀말이를 자르면서 고개를 돌려 원 밖에 있는 유를 바라봤다.

"도서실에 있는 책이야? 유는 도서실 자주 가잖아. 알아?"

"글쎄."

유의 대답은 여전히 퉁명스러웠다. 그래도 대화 내용에는 관심이 있는지 웬일로 책에서 눈을 떼고 얼굴을 들고 있었다.

"사람의 기억을 자유자재로 조작할 수 있다면 무서울 게 없겠네. 하고 싶은 대로 다 할 수 있잖아."

"조작한다는 얘기가 아닌 것 같은데? 사에 얘기는 그냥 단순히 기억을 지워준다는 것 아니야?"

"그것만으로도 대단한 거지! 실패해도 전부 없었던 일로 할 수 있다는 거잖아."

"뭐, 그거야 그렇지만."

메이코는 상상 속 괴인 이야기에 흥분한 나쓰키를 바라보며 쓴웃음을 짓고 있었다. 그러고 보니 나쓰키는 UFO나 미확인생물체나 무서운 이야기를 좋아하는 것 같았다. 소녀를 타깃으로 한 괴담책을 도서실에서 빌려 와서 읽고 있는 나쓰키를 본 적이 있었다. 그런 그녀도 몰랐다는 것으로 보아 기억술사는 그다지 유명한 이야기는 아닌 듯했다.

"마코토는 어떻게 생각해?"

나쓰키는 달걀말이를 꿀떡 삼키고는 지루하다는 얼굴로 카레 빵을 먹고 있는 마코토에게 물었다.

"뭐가?"

"사에가 한 얘기, 관심 없어?"

"별로. 만들어낸 얘기니까 뭐든 있을 수 있겠지만, 현실적으로 생각했을 때 기억이 그렇게 쉽게 지워질 리도 없고 쉽게 지워서도 안 될 것 같은데?"

마코토는 퉁명스럽게 대꾸하고는 남은 빵을 입에 쑤셔넣고 빵 봉지를 동그랗게 구겼다.

"누구든 잊고 싶은 기억 같은 거 하나 정도는 있잖아. 지워주세요, 한다고 순식간에 사라진다면 간단하겠지만, 현실은 그렇게 쉽지 않을 것 같은데."

"뭐야, 마코토. 잊고 싶은 기억이 뭔데? 지난번 시험 점수?"

"넌 날 바보로 알지."

"아니, 아닌데."

둘의 대화를 들으며 사에가 웃자, 그런 사에를 바라보며 메이코가 끼어들었다.

"도시전설 같은 걸 수도 있겠다. 예전에 있었던 빨간 마스크나 화장실에 나온다는 하나코 귀신 같은 그런 거."

사에는 "그렇지? 역시 너무 거짓말 같은 얘기이기도 하고"라며 순순히 인정하고 사과주스가 담긴 종이팩에 빨대를 꽂았지만, "근데…… 있었으면 좋을 텐데" 하고 작은 소리로 중얼거렸다.

잊고 싶은 기억이라도 있는 거야?

미사에는 물론 다른 누구도 묻지는 못했다.

*

미사에는 도서실로 향하는 도중에 복도에서 상자를 들고 가는 도서위원 고문 니시카와 선생님과 마주쳤다. 기증받은 책을 도서실로 옮기는 중이라고 했다. 좀 들어드릴까요, 하고 물어봤지만 웃으며 괜찮다고 했다.

"도서실 비어 있어요? 좀 찾고 싶은 책이 있는데요."

"네, 저랑 같이 가세요. 제가 찾아드릴까요? 제목이나 그런 거 아세요?"

"아니요, 제목까지는 모르고요. 그냥 학생한테 들은 얘기가 있어서요."

도서실 앞에 와서 양손을 쓸 수 없는 니시카와를 위해 문을 열어주었다. 그는 고맙다며 상자를 카운터 구석에 놓았다.

반납 카운터에서 도서위원 완장을 찬 여학생들이 뭔가 작업을 하고 있었다.

"바쁘실 텐데 죄송해요."

"아니요, 도서 대출하는 건 다 애들이 맡아서 하고 있고 지금은 교생 선생님도 도와주고 있어서 일손은 충분해요."

니시카와가 바라보는 쪽에 아직 이십 대 초반으로 보이는 교생 선생님이 책을 실은 카트를 밀면서 책장을 돌고 있었다.

여학생들이 반납 등록을 끝낸 책 몇 권을 들고 "마키 선생님, 이것도요" 하며 교생이 미는 카트 쪽으로 달려갔다.

카운터 주변에는 미사에와 니시카와 둘만 남았다.

"근데 찾으신다는 책은 어떤 책이에요?"

"기억술사가 나오는 책 있어요……?"

"기억술사요?"

"어떤 학생이 선생님한테 들었다고 하던데……. 혹시 도서실에 있는 책인가 하고요."

니시카와가 생각이 났다는 듯 끄덕였다.

"그런 책이 있는 건 아니에요. 제가 얘기한 건 맞는 거 같은데요."

"소설 아니에요?"

"네, 저도 들은 얘기인데요. 그런 걸 도시전설이라고 하나요? 어딘가 공원에 있는 녹색 벤치에서 기다리고 있으면 나타난다는 둥, 어느 역 안내판에 메시지를 남기면 연락이 온다는 둥, 그런 얘기도 있었던 것 같은데. 다양한 설이 있다는 게 떠도는 풍문의 특징이죠."

아래 학년 아이들 두 명이 만화 역사책을 반납 카운터에 놓고 "잘 읽었어요" 하고 예의 바르게 인사하자 니시카와도 웃으며 응했다.

"잊고 싶은 기억만 지워준다는 사람 얘기 맞죠?"

"기본적으로는 그게 맞긴 한데요. 기억을 지우는 게 아니고 먹는대요."

"네?"

이야기가 갑자기 괴담으로 바뀌었다.

"선의로 기억을 지워주는 게 아니고 아마…… 기억술사 입장에서는 기억이 필요하다는 그런 얘기였던 것 같은데. 네, 아마 그랬을 거예요. 기억술사라고 불리지만 실체는 기억을 먹는 괴인이랄까. 하하, 뭔가 요괴 얘기 같네요. 그래서 모습을 드러내지 않는대요. 근데 이런 종류의 풍문들은 퍼지면서 변형되거나 확대되거나 하잖아요. 원래 얘기가 어땠는지는 잘 모르겠어요."

누구한테 들었거나 누군가를 만났다면 분명 어딘가에 실체가 있다는 것일 텐데 절대 풍문의 근원지는 찾을 수가 없다는 것이 도시전설의 공식이다. 그러나 사에가 이야기하기 전까지 미사에는 기억술사에 대한 풍문을 들어본 적이 없었다. 소설 속 이야기가 아니고 사람들 입에서 입으로 전달되는 이야기라면 좀 더 넓게 풍문이 전해질 법도 한데…….

일부 사람들에게만 전해지는 이야기에는 혹시나 하는 생각이 들게 하는 신빙성이 있다. 이야기 자체만 놓고 보면 말도 안 되는 소설 같은데 왠지 모르게 더 알고 싶어진다.

"니시카와 선생님은 그 얘기 누구한테 들으셨어요?"

"도서실에 오는 학생한테 들은 것 같긴 한데요. 그게 누구였더라?"

니시카와는 답답하다는 듯이 고개를 갸웃거리며 눈을 감고 떠올리려 애를 썼다. 도서실에는 많은 학생이 드나들기 때문에 금방 생각이 나지 않는 것도 당연했다.

미사에가 이제 괜찮다고 말하려고 하는 순간 드르륵 문이 열리면서 누군가가 들어왔다.

윤기 있는 머리카락이 어깨까지 곧게 내려오는 유가 책을 안고 들어왔다. 미사에를 발견하자 조금 의외라는 표정을 지었다.

"죄송해요, 생각이 안 나네요. 내용은 거의 정확하게 생각이 나는데."

"아니에요. 그냥 좀 궁금해서 여쭤본 거예요. 신경 쓰지 마세요. 고마워요."

도서실로 들어서는 유를 지나쳐 복도로 나왔다.

그러고 보니 유가 사에보다 훨씬 자주 도서실에 들락거리는데, 유는 사에가 이야기를 꺼내기 전까지 기억술사의 존재에 대해서 모르고 있었던 듯했다.

무서운 이야기나 신기한 이야기 같은 잡담을 좋아하는 나쓰키도 아니고, 도서실에 틀어박혀 있는 유도 아니고, 조용한 사에가 어떤 경위로 니시카와와 기억술사에 대해 이야기를 나누게 된 건지 궁금했다. 하지만 "제가 얘기한 건 맞는 것 같은데요"라고 모호하게 이야기하는 걸 보니 니시카와가 그걸 기억하고 있을 리 없었다.

미사에가 양호실로 돌아와 컴퓨터로 '기억술사'를 검색해보니 생각보다 많은 페이지가 검색되었다. 대부분이 대형 게시판에 등록된 글이었다.

검색 결과창 제일 위에 있는 도시전설 사이트를 클릭해서 항목들을 대강 훑어보았다.

기억술사는 사람 얼굴을 한 개(犬)나 빨간 마스크와 같이 도시전설에 등장하는 괴인으로 소개되고 있었다. 사에 말대로 잊고 싶은 기억을 가진 사람 앞에 나타나 부탁을 들어준다고 쓰여 있었다.

하지만 그 페이지가 마지막으로 갱신된 것은 이미 몇 년 전이었고 항목 분량도 적었다. 그나마 니시카와가 말해준 것 외에 특별한 내용은 없었다.

아마도 한참 전에 일부 지역에서 잠시 유행하고 사라진 로컬한 도시전설인 듯했다.

니시카와가 이제 와서 언제 누구한테 이런 오래되고 유

명하지도 않은 이야기를 들었는지 궁금했지만, 그 내용 자체는 신경 쓸 만한 것이 아니다. 재미 삼아 전해지는 특별할 것 없는 풍문에 불과하다. 그보다도 마음에 걸리는 것은 기억을 지운다는 그 괴인에게 사에가 지금 관심을 보이고 있다는 사실이다.

미사에는 검색창을 닫고 잠시 중단했던 업무로 다시 돌아갔다.

워드프로세서 소프트웨어를 열면서 도시락을 무릎 위에 올린 채로 고개를 숙인 사에를 생각했다.

그 애는 기억술사에게 무슨 부탁을 하려고 하는 것일까.

*

미사에는 새로운 《보건 소식》의 원고를 교무실로 가져다주고 양호실로 돌아오는 길에, 반대편 모퉁이를 꺾어 이쪽으로 터덜터덜 걸어오는 사에를 보았다.

또 교실에 못 들어간 걸까. 그래도 등교조차 하지 못하던 때에 비하면 많이 좋아진 편이었다.

미사에가 다가서자 사에도 눈치를 챘는지 얼굴을 들었다.

"차라도 한잔하고 갈래? 티백밖에는 없지만."

말을 걸자 사에는 끄떡였다.

다른 학생들이나 선생님들은 지금 수업 중이기 때문에 누가 뭐라고 할 걱정도 없었다. 사에와 같은 학생에게 양호실은 일종의 '안전지대'라는 것을 새삼 실감했다.

"앉아 있어. 지금 차 끓일 테니까."

양호실 구석에는 작은 전기포트가 상비되어 있다.

머그컵 두 잔에 홍차를 끓여 담고 하나를 사에에게 건넸다. 사에가 작은 목소리로 "고맙습니다" 하고 인사했다.

사에 쪽을 향해 의자에 앉으면서 미사에도 홍차를 한 모금 마셨다.

"기억술사 말인데, 나도 좀 궁금해서 도서실에 가봤거든. 그거 책에 나와 있는 얘기가 아니더라? 니시카와 선생님도 누구한테 들었는지 기억이 안 난다고 하시더라고."

양손으로 컵을 감싸듯이 쥐고 천천히 조금씩 마시면서 사에가 끄떡였다.

"저도 자세한 얘기가 듣고 싶어서 몇 번 여쭤봤는데⋯⋯ 기억이 잘 안 난다고 하시더라고요."

"그랬구나, 정말 있다면 나도 만나보고 싶을 것 같아."

"⋯⋯."

사에는 그 말에는 대답하지 않은 채 또 한 모금 마셨다.

만나보고 싶다는 호기심도 있겠지만, 그녀가 진심으로 기억술사를 만나고 싶어 한다는 것을 미사에는 느낄 수 있었다. 물론 그 이유는 알 수 없었다. 물어봐도 될지 판단이 서질 않았다.

잠시 동안 둘은 조용했다.

"선생님, 저 교실에 들어가는 게 무서워진 건 예전부터인데요."

침묵을 깨고 사에가 갑자기 입을 열었다.

"정확한 이유는 없는데요. 교실에 아무렇지 않게 들어간 날도 있고, 그런 날은 또 괜찮기도 했고요. 그래서 더 어떻게 해야 할지 모르겠다고 할까…… 그래도 여기에 오면 마코토도 있고, 쉬는 시간에는 나쓰키랑 메이코도 오고, 아사카 선생님도 잘해주시니까 여기가 너무 편해서요. 그래서 학교에는 그나마 올 수 있게 된 건데요."

"응……"

거기까지 말하고 사에는 어떻게 표현해야 할지 모르겠다는 듯 입을 다물었다.

"근데 저번에 또 한참 학교에 안 왔었지?"

"그건……"

다음 말을 재촉하듯 미사에가 묻자, 사에는 고개를 숙인 채 시선이 불안정하게 흔들렸다.

"학교 때문이…… 아니에요."

숨을 들이쉬고 내뱉었다. 목소리가 살짝 떨리고 있었다. 결심했다는 듯이 다문 입을 다시 열었다.

"빵집 앞을 지나기가 싫었어요."

말끝이 흐려졌다.

미사에는 마시던 컵을 테이블에 내려놓았다.

말의 의미를 이해할 수 없었다.

빵집 하면 먼저 떠오르는 것은 '모퉁이 빵집'이었다. 미사에가 어렸을 적부터 학교 가는 길목에 있었던 그 빵집. 아이들이 '모퉁이 빵집 할머니'라 부르는 새하얀 머리에 체구가 작은 노부인이 옛날 방식으로 빵을 구워서 파는 빵집이었다. 미사에도 몇 번인가 점심 대신 빵을 사러 간 적이 있는데, 가게 일을 돕는 점원도 인상이 좋아 보이는 청년이었다. 모퉁이 빵집 할머니의 손자라고 했다.

"빵집이라면, 모퉁이 빵집?"

사에는 또 고개를 숙인 채 끄덕였다.

"그 빵집 할머니는 항상 웃는 얼굴로 대해주셔서 좋았거든요……. 저뿐만 아니라 다른 애들도 다 그럴 거예요. 그

처음이자 마지막 51

래서 빵집에서 과자나 빵 사는 게 즐거웠는데, 근데……."

컵에 매달리듯 손에 힘을 꽉 준다. 어깨를 들썩이며 쥐어짜내듯 말하는 목소리에는 더는 참기 어려운 울음이 섞여 나왔다.

"근데, 무서워요. 그 사람이 무서워요."

오른손으로 입을 막아봤지만 눈에 고여 있던 눈물이 터져 나오듯 쏟아졌다.

미사에는 무의식중에 의자에서 일어났다.

"그 사람이라니…… 그 점원?"

사에는 얼굴의 반을 손바닥으로 가린 채 고개를 위아래로 끄덕였다.

손가락 사이에 고여 있던 눈물이 볼을 타고 흘러내렸다.

모든 학생들에게 인기 있는 빵집, 젊은 점원, 눈물, 그리고 무섭다, 지우고 싶은 기억.

불길한 상상을 했다. 그리고 사에의 모습에서 아마도 틀림없으리라 확신했다.

"……사에야."

다가가 무릎을 꿇고 둥근 의자에 앉아 있는 사에를 밑에서 올려다보았다. 조심스럽게 손을 뻗어 어깨를 만졌다.

다행히 거부하지는 않았다. 단지 그 사실에 조금 마음이 놓였다.

가운 주머니에서 손수건을 꺼내 건네면서 어서 받으라는 듯이 끄덕이자, 사에는 그 손수건으로 젖은 얼굴을 닦았다.

"착해 보이는 사람이라고 생각했는데 너무 놀라서…… 무서워서 아무한테도 말 못 하고 매일 그 기억이 자꾸 떠올라서……."

내 몸을 만졌다, 그 손이 소름 끼치게 기분이 나쁘고 가는 목소리가 무서웠다, 아무 소리도 낼 수가 없어서 그냥 도망쳤다. 띄엄띄엄 고백은 계속되었다. 사에는 여전히 울고 있었고 미사에는 조용히 듣고 있었다.

"가게를 뛰쳐나왔을 때 가게 바로 앞에서 나쓰키하고 메이코랑 마주쳤어요. 그래서 두 사람은 알고 있어요. 메이코가 무슨 일이냐고 해서 전 너무 혼란스러워서……. 아무한테도 말하지 말아달라고 부탁해서 둘 다 비밀을 지켜주고 있는 거예요."

그러고 보니 언제나 밝은 나쓰키가 사에가 학교에 나오지 못하고 있을 때 뭔가 알고 있는 듯한 표정을 짓고 있는 것을 본 적이 있다. 메이코도 미사에에게는 아무 말도 하지 않은 채 나쓰키와 함께 몇 번이나 사에네 집을 찾아갔다.

"경찰에는?"

미사에가 차마 그 뒷말을 잇지 못하고 있자, 사에는 강하게 고개를 옆으로 흔들었다.

"절대 말 못 해요, 말하고 싶지도 않고요……. 엄마가 알게 되는 것도 싫어요. 빵집 할머니도 불쌍하고. 선생님 부탁이에요, 절대 아무한테도 말하지 말아주세요."

그렇게 말하고 손수건을 쥔 손으로 얼굴을 가렸다.

그래서 사에는 기억술사를 찾고 있었던 것이다.

빨리 잊는 것밖에 길이 없는데…… 잊고 싶은데 잊히지 않아서.

흐느끼는 사에 옆에 무릎을 꿇고 미사에는 조용히 머리를 쓰다듬어주었다.

겨우 진정이 된 사에는 눈이 발개져서 애들이 걱정할지도 모른다며 종이 울리기 전에 양호실을 나섰다.

양호실에 혼자 남은 미사에는 잔에 남은 홍차를 멍하니 바라보았다. 나쓰키와 메이코는 알고 있었다. 그런데 아무런 말을 하지 않은 것은 친구로서, 그리고 같은 또래 여자아이로서 사에의 마음을 알기 때문일 것이다.

미사에는 그래도 역시 경찰에 알려야 하지 않을까 하는 생각도 들었다. 하지만 가장 옳은 일이 반드시 가장 좋은 것만은 아니라는 사실을 그녀는 잘 알고 있었다. 가장 먼저 걱정해야 할 것은 앞으로의 사에다.

그 남자는 용서할 수 없다. 교사로서도 어른으로서도, 아니 한 사람의 인간으로서도 이대로 놔둘 수만은 없는 일이다. 사에 말고 또 다른 피해자가 있을지도 모르고, 앞으로 피해자가 더 생길지도 모른다.

하지만 다른 무엇보다도 더 이상 사에가 상처를 받지 않도록 하는 것이 최우선이었다.

어떻게 하면 좋을까, 나에게 할 수 있는 일은 무엇일까 고민하는 사이에 홍차는 이미 다 식어버렸다.

시계를 보니 이제 슬슬 종이 울릴 시간이었다. 애들이 올지도 모르겠구나 하고 생각하는데 촤악 소리와 함께 침대가 놓인 한쪽 구석을 가린 흰 커튼이 열렸다.

놀라서 뒤를 돌아보니 녹색 표지로 된 책을 손에 든 유가 서 있었다.

양호실의 한쪽 구석에는 가끔 마코토가 낮잠용으로 이용하는 침대 두 대가 나란히 놓여 있다. 커튼이 닫혀 있어서 전혀 눈치채지 못했지만 유는 다 듣고 있었던 것이다.

미사에가 당황한 나머지 할 말을 잃고 있는 사이에 유는 태연하게 책을 가방에 넣고 걸어 나왔다.

"그럼 가보겠습니다."

미사에의 앞을 지날 때 그렇게 한마디 하고는 가볍게 고개를 끄덕였다. 곧게 뻗은 검은 머리카락이 흔들렸다.

사에와 나눈 대화를 못 들었을 리 없다. 하지만 유의 표정에서는 아무것도 읽을 수가 없었다. 나가려고 하는 유를 서둘러 불러 세웠다.

"잠깐만 기다려봐. 지금 얘기……."

"아무것도 못 들었어요."

문 앞에서 돌아보며 표정 하나 바꾸지 않고 단호하게 말했다.

유의 몸이 미끄러지듯 빠져나간 후 바로 문이 닫혔다.

*

사에는 또다시 학교에 나오지 않았다.

정확한 이유는 알 수 없지만 아마도 그 사건 때문일 것이다.

내성적이고 섬세한 사에가 그런 일을 당하고도 잠깐이

나마 학교에 다닌 것 자체가 꽤나 무리가 됐을 것이다. 공포감에 떨면서도 비밀을 가슴에 품고 일상생활을 유지하는 데 한계에 부딪혔다고 해도 전혀 이상한 일이 아니었다.

퇴근길에 사에네 집에 한번 들러볼까 하는 생각을 하면서 미사에가 복사용지 한 다발을 왼손에 옮겨 들고 오른손으로 양호실 문을 열려고 하는데, 안에서 새어 나오는 소리에 움직임을 멈췄다.

"그 점원이 가게 보고 있어서 그런 거 아니야? 요즘 계속."

마코토 목소리였다. 이미 몇 명이 모여 있는 듯했다.

"그 빵집 할머니가 여행 갔다나 뭐라나 그래서 그 점원이 가게를 보고 있으니까. 가게 앞 지나는 게 무서워서 그런 거야. 틀림없어."

무슨 얘기인지 눈치를 챈 미사에는 문을 열기 위해 들었던 손을 다시 내렸다.

마코토는 모르고 있다고 생각했다. 메이코도 그렇게 생각하고 있었는지 "마코토…… 너 알고 있었어? 사에한테 들었어?"라고 물었다.

"들은 건 아닌데. 사에가 빵집 앞 지나가기 싫어했잖아. 보면 알지."

"그거만 보고 알았다고?"

"나도 당한 적 있거든. 그 빵집 점원한테."

너무 놀라서 숨이 멎었다.

그다음 대화는 잠시 들리지 않았다. 메이코와 나쓰키의 목소리가 들렸고 또 마코토가 뭐라 말하고 있었다. 재빨리 다시 귀를 기울였다.

"초등학교 오학년 때. 아니, 아무한테도 말 안 했지. 내가 말해봤자 누가 믿어주기나 하겠어?"

"그렇지 않아!"

"그래도 알려지는 게 싫었고, 가능하면 빨리 잊고 싶었거든."

"……."

다른 애들이 아무리 같이 가자고 해도 마코토는 모퉁이 빵집에 빵을 사러 가지 않았다는 사실을 떠올렸다.

"그거야 당연히 잊고 싶다고 바로 잊히는 건 아니지만…… 고민 끝에 그냥 잊는 게 좋을 것 같다고 생각한 거지. 사에도 아마 그럴걸? 학교나 부모님한테 얘기해볼까, 어떻게 할까, 고민하다가 내린 결론이랄까? 그러니까 우리가 해줄 수 있는 건 언제나처럼 여기에 있는 것뿐이야. 그리고 사에가 학교에 나오면 아무 일 없었던 듯이 대해주고."

"그야 그럴지도 모르겠지만······."

"너무하잖아. 절대 용서 못 해."

나쓰키의 울먹이는 목소리가 들렸다.

메이코도 분하다는 듯이 작은 목소리로 동의를 표했다.

"기다릴 수밖에 없는 건가? 우린 친구인데."

메이코의 말에 더는 참을 수 없다는 듯이 나쓰키가 훌쩍이기 시작했다.

"기억술사라······. 진짜 어딘가에 있었으면 좋겠다."

누군가 말했다.

미사에는 조용히 그 자리를 떠났다.

*

"안녕하세요, 아사카 선생님."

"안녕하세요."

"안녕하세요······."

복도에서 마침 등교하던 메이코와 나쓰키, 그리고 사에를 우연히 만났다.

언제나 그랬듯 쾌활하게 인사하는 두 사람과 그 뒤에서 숨듯이 인사하는 사에가 함께였다. 작은 목소리였지만 인사를 해줬다는 사실이 기뻤다. 계속 학교에 나오지 못했기 때문에 그렇게 인사를 받은 것도 오랜만이었다.

미사에는 아침 인사를 건네고 다행이라는 생각을 했다. 세 사람은 평소처럼 자연스러웠고 미사에가 신경 쓸 필요도 없어 보였다.

사에가 학교를 쉰 지 열흘, 그리고 미사에가 양호실 앞에서 아이들이 하는 이야기를 들은 지 일주일이 지났다. 소녀들의 표정에 더 이상 그림자는 없었다.

미사에가 모르는 곳에서 본인들의 힘으로 치유한 듯 보였다. 아이들은 어른들이 생각하는 것보다 훨씬 강한 존재일지도 모른다. 아주 조금 자신의 무력함에 쓸쓸하다는 생각도 들었지만, 기쁘다는 감정이 훨씬 크게 느껴졌다.

하지만 만약 애써서 아무렇지 않은 척하는 것이라면 언제라도 도망쳐 올 수 있는 장소를 마련해둬야 한다. 미사에는 그것이 아마도 자신이 할 역할이라고 생각했다.

사에가 교실에 들어가지 못했을 경우에 대비해서 미사에는 새로 산 종이상자에 든 티백을 갖고 양호실로 향했다.

역시 교실에는 못 들어가겠다며 사에가 죄송하다는 듯

이 양호실로 찾아왔다. 홍차를 끓여주고 조금 있자 마코토가 왔다.

또 목사탕을 달라고 조르는 두 아이의 손바닥에 사탕을 하나씩 올려줬다. 유는 도서실에서 빌려 온 책 두 권을 안고 쉬는 시간이 되기 직전에 나타났다.

세 사람 모두 예전과 변함이 없었다. 사교시가 끝나자 나쓰키와 메이코까지 모였다. 이 두 사람도 언제나처럼 사에를 대했다. 선생님에 대한 불만이나 일상적인 일들을 이야기하며 웃었다.

"배고파. 오늘 다들 빵 먹을 거야? 아니면 도시락?"

나쓰키가 말을 꺼내면서 지갑을 들고 일어났다. 다른 세 사람도 따라서 가방을 열어 지갑을 꺼냈다.

"나도 빵."

"나도……."

"나도. 다들 '모퉁이 빵집' 갈 거지?"

메이코의 제안에 미사에는 무의식적으로 뒤를 돌아보았다. 그러나 소녀들은 전혀 동요하는 기색 없이 "그러지 뭐" 하며 일어났다.

"다 같이 갈까? 아니면 두 사람이 대표로 갔다 올까?"

"각자 고르는 게 좋지 않겠어? 다 같이 가자. 유는 어떻게 할래?"

"난 됐어."

유를 뺀 네 사람은 "다녀오겠습니다" 하고 손을 흔들며 나갔다. 미사에가 있어서 저러는 걸까? 딴생각이 들지 않도록 연기를 하는 걸까? 중학생 아이들이 이렇게 완벽하게 속일 수 있는 걸까?

정신을 차리고 보니 유도 네 사람이 나간 쪽을 바라보고 있었다. 그러고는 이내 손에 든 책으로 시선을 돌렸다. 대체 어떻게 된 일인지 미사에는 혼란스러웠다.

"모퉁이 빵집 할머니 너무 안됐다."

빵을 사서 돌아온 소녀들의 대화 내용에서 '모퉁이 빵집'이 들려오자 미사에는 얼굴을 들었다.

멜론 빵을 뜯어 먹으며 그렇게 말한 사람은 다름 아닌 사에였다. 다른 소녀들도 심각한 표정으로 앉아 있었다.

무슨 일이냐고 미사에가 물었다.

"모퉁이 빵집에서 빵 굽던 점원 있잖아요. 그 사람이 사고를 당했대요. 자세한 건 잘 모르겠는데요, 머리를 다쳤다나 봐요."

메이코가 설명해주었다.

집 안 계단 아래에 쓰러져 있는 점원을 할머니가 발견했고, 바로 구급차로 옮겨져 지금은 아직 입원 중이지만, 기억과 의식의 혼탁으로 앞으로 일상생활이 가능할지 알 수 없는 상황이라고 했다.

그 사건에 대해 전부 알고 있는 메이코를 비롯한 모두가, 심지어는 사건의 당사자인 사에까지 안쓰럽다는 얼굴을 하고 있었다.

"우리 앞으로 자주 할머니 보러 가자. 할머니 혼자 외로우실 수도 있잖아."

"그러자."

메이코의 제안에 나쓰키가 먼저 반응을 보였고, 뒤이어 모두가 끄덕였다.

"그 점원도 인상 참 좋아 보였는데……."

메이코가 이렇게 중얼거렸을 때 미사에는 자신의 귀를 의심했다. 어떻게 좀 해달라는 듯이 구석에서 책을 읽고 있는 유를 쳐다봤지만, 언제나 그렇듯 무표정한 유의 얼굴에서는 아무것도 읽어낼 수 없었다.

점심시간이 끝나 아이들이 교실로 돌아가고(마코토도 나쓰키의 손에 이끌려 나갔다) 유가 도서실로 새로 책을 빌리러 나간 후, 사에와 단둘이 남게 된 미사에는 조심스럽게 '모퉁이 빵집' 이야기를 꺼냈다.

"괜찮아?"라고 둘러서 물어봤지만, "뭐가요?" 하며 오히려 무슨 말인지 모르겠다는 표정을 지었다.

"그 빵집에……."

"선생님도 할머니가 걱정되시죠."

미사에가 알고 있는 사에는 능숙하게 거짓말을 하거나 사람 눈을 속일 수 있는 아이가 아니다.

"거기서 일하던 점원 말이야."

미사에는 망설이며 핵심을 찔러보았다.

"저 그 점원은 잘 모르는데요, 근데 할머니 손자죠? 너무 안됐어요……."

진심으로 동정한다는 표정으로 고개를 떨어뜨렸다.

더는 어떤 질문을 해야 할지 몰라 그런 사에를 그저 바라볼 수밖에 없었다.

'기억을 못 하는 건가, 아니면 그런 척하는 건가? 없었던 일로 하고 싶다는 의사 표시라면 얘기를 맞춰야 하는 걸까?'

그러나 사에의 목소리도 표정도 너무나 자연스러워 억지로 연기를 하고 있는 것처럼은 보이지 않았다.

설마 정말로 잊은 건가?

(겨우 몇 주 만에?)

사람은 심하게 충격을 받으면 기억에 뚜껑을 덮어서 그 기억을 지워버리는 경우가 있다고 한다. 심인성 기억상실증이라고 불리는 그것은 스트레스로부터 마음을 보호하기 위한 일종의 자기 방어 수단이다.

스트레스의 계기가 된 사건이라면 짐작이 가는 부분이 있다. 사에가 받았을 정신적 스트레스는 기억을 덮어버리기에 충분한 이유가 될 것이다.

사에는 옆에 있는 책상에 교과서를 펼치고 숙제를 하기 시작했다.

빵집 점원이 기억을 잃었다는 이야기는 그녀에게 그다지 큰 뉴스거리가 아닌 듯 보였다. 그에게 당한 일을 기억하고 있다면 이런 식으로 태연하게 있을 수는 없을 것이다.

그가 사고로 기억을 잃었다는 소식이 계기가 된 것일까? 그녀의 본능이 자신만 잊으면 사건은 없었던 일이 되리라 판단하고 마음을 보호하기 위해 기억을 덮어버리기로 한 걸까?

숙제에 몰두한 사에는 미사에의 시선도 알아차리지 못

했다. 천으로 된 필통에서 새것으로 보이는 지우개를 꺼내 잘못 쓴 글씨를 지우고는 책상 한쪽 구석에 놓았다.

"지우개 귀엽네."

"아 이거…… 나쓰키가 줬어요. 세 개가 한 세트였는데 저 하나 준거예요."

별생각 없이 한 칭찬에 사에는 행복한 듯 얼굴을 들며 말했다.

"역 근처에 생긴 잡화점에서 파는 건데 이따가 다 같이 가기로 약속했어요. 귀여운 노트나 펜 이런 게 많대요. 애들이 마음에 드는 학용품 쓰면 재미없는 수업도 조금 즐거워진다고 같이 가자고 하더라고요."

그렇게 말하는 사에의 얼굴은 예전보다 밝아 보였다. 그렇지, 하며 미사에도 미소를 지어 보였다.

교실에는 들어가지 못해도 학교에 오면 친구들이 있다. 그 사실은 사에에게 큰 힘이 되었을 것이다. 세상과 차단되지 않는다는 데 의미가 있었다.

그 사건 이후에 집에 틀어박혀버리는 건 아닌가 걱정했지만, 앞으로는 조금씩 세상 밖으로 나올 것이다. 사에 자신이 그렇게 되기를 갈망하고 있다는 느낌이 전해져왔다.

(기억이 사라졌다면 오히려 잘된 일일지도 몰라. 이렇게 웃기

도 하고 학교에 다시 나올 수 있게 됐으니.)

사에의 마음이 필요에 의해 작용한 결과라면 그대로 지켜보는 것이 좋을지도 모른다. 그렇지만 기억의 일부가 사라진 것은 사에만이 아니었다. 나쓰키, 메이코 그리고 마코토, 모두의 행동이 의문이었다. 미사에처럼 사에의 기억이 사라진 것을 눈치채고 입을 맞추고 있을 가능성도 있지만, 그렇다고 해도 빵집에 일부러 사에를 데리고 가지는 않았을 것이었다. 게다가 다들 연기를 하고 있는 것치고는 너무나 자연스러웠다. 중학생 여자아이들에게 그런 연기력이 있다고 생각하기는 힘들었다.

그녀들도 사에와 마찬가지로 사건에 관한 기억이 전부 사라졌다고 생각하는 것이 자연스러워 보였다. 하지만 몇 사람이 동시에 기억상실에 걸리는 일이 과연 가능한 걸까. (게다가 마치 노린 것처럼 빵집 점원과 사에의 사건에 관한 기억만……)

문득 떠오른 생각이 있었다.

떠오른 생각이 스스로 말도 안 된다 싶으면서도 입 밖으로 새어 나왔다.

"저기, 사에야. 기억술사라고…… 알아?"

"기억술사요?"

사에는 갑자기 바뀐 화제에 당황했는지 고개를 갸우뚱
거리고 잠시 기억을 되짚어보는 듯한 표정을 지었다.

"어딘가에서 들어본 적 있는 것 같긴 한데요……. 아, 맞
다. 도서실 선생님이 얘기해주신 그 도시전설 아니에요?
그게 왜요?"

"사에야, 혹시 너는 기억술사가 지워줬으면 하는 기억 같
은 게 있니?"

"네? 음, 지금 바로는 생각이 안 나는데요……. 근데 왜요?"

사에의 당황하는 표정은 절대 연기일 리 없었다. 틀림
없다.

빵집 점원에게 당한 일, 그것을 미사에에게 털어놓은 사
실, 기억술사가 있었으면 좋겠다고 잊고 싶은데 잊을 수가
없다고 괴로워했던 일도 전부 다 그녀의 기억에서 사라진
것이었다. 믿을 수 없는 소설 같은 가설이었지만 그렇다고
밖에 생각할 수 없었다. 그렇다면 그녀의 사건을 아는 다
른 아이들을 포함해서 머리를 다쳤다는 그 빵집의 점원까
지도 모두 다……?

(기억술사가?)

설마 그런 일이 있을 수 있을까?

하지만 다른 아이들한테까지 확인을 해보자니 두려웠

다. 그 사건을 알고 있는 사람 중 자신만이 홀로 기억을 잃지 않은 이유를 알 수 없었다.

자신의 기억에 대한 확신마저 사라질 것만 같았다.

방과 후 사에는 그녀를 데리러 온 나쓰키와 메이코와 함께 돌아갔다.

아이들이 돌아가고 얼마 지나지 않아 유가 가방을 가지러 돌아왔다. 도서실에서 빌려 온 책을 가방에 넣고 있는 유는 언제나처럼 무표정했다. 유는 처음부터 다른 아이들과는 일정한 거리를 유지하고 있었기 때문에, 다른 친구들의 변화에 대해서 어떤 발언을 하거나 행동을 보이지 않고 담담하게 지냈다.

하지만 미사에의 착각이 아니라면 메이코가 아무렇지 않은 듯 빵을 사러 가자고 했을 때 유도 뭔가 이상하다고 느꼈을 것이다.

"그 빵집 점원하고 있었던 일을 사에는 기억 못 하는 것 같아……. 다른 애들도 얘기를 들어서 분명 알고 있을 텐데."

용기를 내서 물어보았다.

"너는 기억하니?"

유는 대답이 없었다.

원래 유는 사에의 개인적인 일에 끼어들고 싶지 않다는 입장이었다. 앞으로도 그 생각에는 변함이 없을 듯했다. 하지만 아무 말이 없는 것을 대답이라고 받아들였다.

질문을 바꿔보았다.

"기억술사에 대해서 사에가 말했던 거 기억해?"

사에가 양호실에서 기억술사에 대한 이야기를 꺼냈을 때 유도 그 자리에 있었다. 당사자인 사에는 자신이 그런 이야기를 한 사실조차 기억하지 못하고 있고, 아마 다른 아이들도 마찬가지일 것이다. 하지만 다른 아이들만큼 사에 일에 관여하지 않았던 유라면 혹시나 하는 기대가 있었다.

"네. 기억나요. 믿지는 않지만요."

예상대로 유는 기억하고 있었다. 하지만 표정에는 변화가 없었다.

그 얘기를 들은 사람 중 미사에와 유를 제외한 모두가 기억을 잃었다는 비정상적인 상황을 아무렇지 않게 생각하는 듯했다.

"사에가 잊은 척하는 걸 다른 애들이 맞춰주고 있다고 해도 제가 참견할 일이 아니에요. 정말로 기억이 사라졌다고 해도 마찬가지고요. 저랑은 상관없는 일이에요."

누가 선생인지 모를 정도로 차분하게 말했다.

그런 매정한 말을 아무렇지 않게 내뱉은 후 유는 가방을 들고 문득 시선을 아래로 떨어뜨렸다.

"하지만" 하고는 말을 이어갔다.

"만약에 나쁜 기억이 사라진 거라면 잘된 일 아니에요? 그게 누구의 소행이든."

발걸음을 뗀 유는 문 앞에서 살짝 고개를 돌려 "사에는 전보다 훨씬 즐거워 보여요"라고 말했다.

그건 사실이었다.

아이들이 다 함께 친구를 위해서 연기를 하고 있는 것일 수도 있고, 사에 자신도 전혀 기억이 없는 것인지, 그냥 착각했거나 암시에 걸린 것인지, 아니면 연기인지조차 알 수 없다. 실제로 기억이 사라졌다면 그것이 도시전설에 등장하는 괴인의 소행인지는 더더욱 확인해볼 길이 없다. 하지만 어떤 이유가 있었든 간에 사에는 지금 전보다 지내기 편해 보였다.

여전히 교실에는 들어가지 못하고 더 좋아지려면 시간이 좀 더 걸릴 것이다.

그러나 적어도 가게 앞을 지나지 못해 집 안에 틀어박혀

지닐 수밖에 없는 공포에서는 벗어난 것이다. 앞으로는 조금씩이나마 분명 좋아질 것이다.

그게 누구의 소행이든 이제 상관없다.

유를 보내고 미사에도 결국 그렇게 생각하기로 했다.

유가 도서실 위원회 고문을 맡고 있는 니시카와 선생님과 혈연관계라는 사실을 안 것은 그로부터 얼마 후의 일이었다. 그녀가 도서실을 제집 드나들듯이 하는 이유를 알 것 같았다. 근거도 없이 유는 선생님에게 호감이 있었을 수도 있겠다는 생각이 들었지만, 그 아이는 친구나 선생님에게 그런 얘기를 하는 타입이 아니었다. 마지막까지 유와 그 일에 대해서 이야기를 나눠볼 기회는 없었다.

소녀들은 그로부터 단 한 번도 기억술사 이야기를 입에 올리지 않은 채 졸업했다.

사에와 마코토는 다른 지역 고등학교로 진학했고, 유는 아버지가 외국으로 활동 거점을 옮기게 되어 졸업과 동시에 일본을 떠났다. 나쓰키와 메이코는 같은 동네에 있는 고등학교에 다니고 있어 가끔 이곳에 놀러 오기도 한다.

그녀들의 기억이 대체 왜 지워졌는지에 대해 몇 번 정도 생각한 적이 있다. 말도 안 된다는 생각이 들면서도 그때마다 기억술사라는 도시전설이 머릿속에 떠올랐다.

만약 기억술사가 실제로 있어서 사에와 다른 아이들의 기억을 지운 것이라면.

사에가, 아니면 사에를 걱정하는 누군가가 인터넷으로 기억술사와 접촉해서 빵집 점원과 사에의 기억을 지워달라고 의뢰한 것일지도 모른다. 아니면 처음부터 기억술사가 우리 근처에서 지켜보고 있다가 괴로워하는 사에를 보다못해 기억을 지워준 것일지도 모른다. 미사에나 유의 기억이 사라지지 않은 것은 아마도 그 둘이 그 사건에 대해 이미 들어 알고 있다는 사실을 몰랐기 때문일 것이다. 단순한 상상에 불과하지만 그렇게 생각했다.

기억술사는 과연 실제로 있을까, 있다면 어떤 존재일까, 무슨 이유로 어떻게 빵집 점원이나 아이들의 기억을 지운 것일까.

지금에 와서는 누구도 알 수 없다.

아마 앞으로도 밝혀지지 않을 것이다.

*

"아주 흥미로운 이야기였습니다. 말씀해주셔서 고맙습

니다."

이노세는 미사에에게 인사를 하고 책상에 놓인 녹음기를 껐다.

피해를 입은 소녀들에게 직접 취재하지 않는다는 조건으로 미사에가 사 년 전 사건에 대해 이야기를 들려준 것이다.

빵집 점원이 갑자기 원인 불명의 기억상실에 걸렸다. 그 소문은 금세 빵집 건너편 학교에 다니는 아이들이나, 그 부모들에게도 전해졌다.

아이들의 부모 세대들도 예전부터 그 빵집에서 빵을 사 먹었기 때문에 모두가 빵집의 노부인에 대해 동정을 표했다. 하지만 그것뿐이라면 동정으로 끝났을 것이었다.

문제가 된 것은 빵집 점원의 입원을 전후로 중학생 소녀 몇 명의 기억 일부가 부자연스럽게 사라진 것이 그 가족이나 친구들에 의해 밝혀졌기 때문이다.

특정 날짜의 행동을 전혀 기억하지 못하거나 불과 며칠 전 본인이 한 얘기를 까먹기도 했다. 처음에는 단순한 건망증으로 여겨졌으나 낌새가 이상하다고 느낀 부모들이 서로 정보를 교환하다가 다른 소녀들에게도 같은 증상이 나타나고 있다는 것을 알았다. 아마도 뭔가 외부적인 원인이 있을 거라고 의심하기 시작한 것은 당연한 결과였다.

일부 학부형들 사이에서는 학교 주변에 뇌에 영향을 끼치는 유독 가스가 새고 있는 것 아니냐, 또는 학교 물이 오염된 것 아니냐, 심지어는 빵에 유해물질이 들어 있었던 것은 아니냐는 추측까지 나왔다. 기억을 잃은 아이들이 모두 문제가 된 가게에서 자주 빵을 샀던 아이들이었기 때문일 것이다. 지역 신문에 작지만 기사가 실릴 정도였다. 결국 원인은 밝혀지지 않은 채 점원의 기억은 물론 소녀들의 기억도 돌아오지 않았다.

그러나 소녀들의 사라진 기억은 극히 일부였기 때문에 일상생활에 지장을 줄 정도는 아니었고 그 이후로 또다시 기억을 상실하는 일도 없었기 때문에 소동이 더 확산되지 않고 사태는 수습되었다.

그리고 시간이 흐르면서 잊혔다.

사건의 개요는 알고 있었지만, 당시 기억을 잃은 소녀들 가까이 있었던 사람에게 직접 이야기를 듣다니 커다란 수확이었다. 방법까지는 알 수 없었지만 보건 선생의 증언 덕분에 빵집 점원이나 소녀들이 왜 기억을 잃었는지 알 수 있었다.

"왜 이런 오래된 사건을 조사하는 거죠? 이런 일은 신문기삿거리도 안 되잖아요."

알 수 없다는 표정의 미사에에게 메모를 하고 있던 이노세는 손을 멈추고 네, 하고 대답했다.

"기사로 쓸 생각은 없습니다. 개인적으로 조사하는 것뿐이에요."

미사에의 눈빛은 그런 요상한 취미를 이해할 수 없다고 말하고 있었다. 이노세는 쓴웃음을 지으며 펜과 메모장을 가방에 넣었다.

"빵집 사건이 있기 몇 년 전에도 어떤 사람이 갑자기 기억을 상실하는, 사건이라고 해야 할지, 그런 현상이 있었어요. 그때 기억술사의 소행이 아니냐고 주장하는 사람들이 있었는데, 저는 그런 사람들과 직접적인 관계는 없지만 궁금하긴 했거든요. 그 후에 또 사건이 일어났다고 듣고 취재해보려고 했는데 당시에는 이야기를 듣기가 어려워서…… 최근에 또 알아볼 기회가 생겨서 다시 한 번 알아보고 있는 겁니다."

주변 사람들이 기억을 잃는 현상을 눈으로 확인하고도 미사에는 여전히 기억술사의 존재를 확신하지 못하는 것으로 보였다. 도시전설 속 괴인이 존재한다는 것을 전제로 이야기하는 이노세를 상대하면서 당황하는 기색이 역력

했다.

이노세는 웃으며 말했다.

"로망이 있잖아요, 그런 얘기들에는. 그래서 좋아해요. 최면술인지 뭔지는 알 수 없지만 어떤 방법으로든 사람의 기억을 지울 수 있는 사람이 있다면 어떨까 하고 상상하면 설레잖아요."

미사에도 인터넷 게시판에서 도시전설을 믿는 사람들이 있다는 사실을 확인했고, 스스로도 혹시나 하는 생각을 한 적이 있기에 굳어 있던 표정을 풀었다.

"그럼, 사 년 전에도 이 사건을 조사했나요?"

"네……. 조금요. 주변 사람들한테 물어보면서 조사한 것뿐이지만요."

사 년 전에는 확신이 없었지만 미사에의 이야기를 듣고 분명해졌다.

역시 이 사건은 기억술사의 소행이다.

기억술사가 피해 소녀의 의뢰를 받아 점원과 소녀 자신의 기억을 지우고, 사건을 알고 있는 친구들의 기억도 함께 지웠다.

"근데 아무런 단서를 찾을 수 없어서요."

눈썹을 내리깔고 안타깝다는 표정으로 머리를 긁적였다.

"기억이 사라진 것 자체가 사건이라서, 본인은 기억이 사라진 경위도 무엇이 사라졌는지도 전부 다 기억하지 못하니까요."

아무런 단서가 없다는 것은 거짓말이다.

이노세는 미사에에게 말하지 않은 것이 있었다.

사건 직후에 빵집 노부인에게도 이야기를 들으러 갔다. 물론 기억술사 이야기를 모르는 노부인은 손자가 몇 년간의 기억을 잃고 다른 사람이 된 것 같다며 낙심해 있었다. 최근에 좀 덤벙거린다고 본인도 걱정을 했고, 실제로 이 주 정도 전부터는 건망증이 심해서 뇌 검사까지 받았지만 뇌에 이상은 없었다고 한다. 넘어졌거나 계단에서 떨어졌을 때 머리를 다친 것 같다며 목숨을 건진 것만으로 다행이라고 했다.

그 남자는 아동 대상의 강제음란죄나 공연음란죄의 전과가 있었다. 그러나 노부인은 손자와 오랜 시간 떨어져 살았기 때문에 그 사실을 모르고 있었다. 알고 있었다면 여고 바로 앞에 있는 가게로 부르지 않았을 것이다.

슬픔에 잠긴 노부인에게 일부러 손자의 과거를 알려주지는 않았다.

노부인이 사고라고 믿고 있는 사건이 일어났을 때 그녀는 손자에게 가게를 맡기고 장을 보러 갔다고 한다.

손자는 혼자 남겨지고 한 시간하고 몇 분 정도 경과 후 기억을 상실한 채로 발견되었다. 사건이 정말 기억술사의 소행이라면 그 한 시간 남짓한 사이에 기억술사가 그의 기억을 지웠다는 이야기다.

그사이에 몇 명이 가게를 찾아왔는지 알 수 없지만, 문 닫기 바로 직전에 빵을 사러 온 사람은 그리 많지 않을 것으로 판단되었다. 손님이 없는 시간대를 노려 다른 목적으로 찾아온 사람은 분명 눈에 띄었을 것이다.

주변을 조사한 결과 당일 그 시간대에 빵집에서 누군가 나오거나 들어가는 것을 보았다는 목격자 증언을 두 건 받아낼 수 있었다.

목격자들은 두 사람 모두 정확한 시간은 기억하지 못했지만, 둘 다 교복을 입은 소녀였다고 증언했다.

한 사람은 가게에서 나온 소녀의 머리 길이가 짧았다고 했고, 또 다른 사람은 머리가 길었다고 증언했다.

두 사람 중 한 사람의 증언이 틀렸을 가능성도 있지만, 이노세는 머리가 짧은 소녀와 긴 소녀가 앞뒤로 빵집에 들어갔을 것이라고 생각했다.

가게에 들어갔을 때 점원이 쓰러져 있었다면 그 소녀들은 사람들에게 알렸을 것이기 때문에, 기억술사가 그를 찾아간 것은 소녀들이 다녀간 후일 것이다.

그러나 한 시간 정도 되는 짧은 시간에 세 사람이 드나들었다면 가게 안에서나 혹은 앞에서 마주쳤을 가능성은 충분히 있다.

두 소녀 중 어느 한 명 혹은 두 명 모두 무언가를 봤을 수도 있다.

그렇기 때문에 기억이 지워졌을 수도 있다.

그 시간대에 빵집에 간 학생은 없었는지 당시 학생들에게 조사해봤지만 갔다는 사람은 아무도 없었다. 단순히 이노세가 놓친 것일 수도 있고, 아니면 물어본 학생 중 기억을 잃은 당사자가 있어서 그날의 기억을 잃은 것뿐일 수도 있었다.

결국 당시에 목격된 두 소녀가 누구였는지는 밝혀내지 못했다.

미사에의 이야기에서 학생들의 실명은 거론되지 않았지만, 대략적인 조사는 이미 해둔 상태이다. 미사에에게 이야기를 들은 덕분에 목격된 두 소녀가 누구였는지 후보를 좁힐 수 있었지만, 아무것도 기억하지 못하는 그녀들을 이제 와서 만난다고 한들 새로운 정보를 얻을 수 있을지는 미지수였다.

"왜 그렇게까지 알아내려는 거예요? 당신도 지우고 싶은 기억이라도 있어요?"

"그런 건 아니고요. 그냥 단순한 호기심이에요……."

가방이 잘 닫혔는지 확인하고, 앉아 있는 미사에에게 고개 숙여 인사했다.

"아사카 선생님 말씀은 큰 도움이 될 것 같습니다. 고맙습니다."

"그래요? 그럼 다행이고요. 힌트도 안 될 것 같았는데. 결국 누가 그녀들의 기억을 지웠는지는 알 수 없잖아요."

"그래도 어느 정도는 실마리를 얻었습니다. 기억술사가 그런 존재였다는 것도 확인했고요."

이노세가 문밖으로 나가기 전 다시 한 번 고개를 돌려 인사를 하려고 했을 때 미사에가 물었다.

"그럼 당신은 기억술사가 이 학교 관계자라고 생각하는 거예요?"

대답을 하지 않고 그녀를 바라보았다.

그럴 가능성도 있다고 생각한다.

적어도 당시 사에가 인터넷으로 기억술사에게 접촉하

려고 한 흔적은 찾아낼 수 없었다. 기억술사에게 접촉하는 방법은 다양하게 알려져 있지만, 인터넷 이외의 방법으로 그녀의 요청에 기억술사가 반응한 것이라면 기억술사는 처음부터 그녀의 근처에 있었다는 이야기가 된다.

당시 이미 유행이 지나간 기억술사에 대한 이야기를 누가 사에에게 귀띔해주었는지에 대한 의문도 남아 있다.

"학교 관계자라면 수없이 있어요. 내 얘기에 등장한 것만으로도 꽤 되고, 이미 다른 지방이나 외국으로 나간 사람도 있고요. 한 사람 한 사람 만나보시려고요? 진짜가 나타난다고 해도 쉽게 자백할 것 같지 않은데요? 기억술사가 누구였다고 해도 이상할 게 없으니까요."

미사에는 의자에 앉은 채 몸을 문 쪽으로 향하고는 설득하듯 말했다. 말과 시선은 이노세를 향해 있었지만, 말투는 학생을 타이르는 것 같아 조금 우스웠다.

그리고 문득 이노세의 머리에 떠오른 생각이 있었다.

"예를 들어…… 당신이었을지도 모른다?"

글쎄요, 하며 미사에는 의미심장하게 웃었다.

현재 이야기 1

소금 캐러멜 팬케이크는 맛있었다.

이노세의 이야기가 본론으로 들어가기 전에 다행히 마지막 남은 한 입까지 제대로 맛볼 수 있었다.

여유롭게 먹고 있었다가는 하마터면 좀처럼 맛보기 어려운 크림의 맛을 즐길 수 없을 뻔했다. 그 정도로 이노세가 들려준 사 년 전 사건의 내용은 충격적이었다.

"지금 하신 얘기…… 정말이에요?"

기억을 지우는 괴인이 존재한다는 얘기보다 당시 우리 주변에 비열한 범죄자가 있었고, 친구가 그 피해자였다는 사실이 더 충격이었다. 게다가 지금까지 그 사실을 모른 채 지냈다니……. 그의 말이 사실이라면 도중에 눈치를 챘다고 해도 결과적으로 그 사실을 잊어버렸다는 사실이 분하고 한심해서 죄책감마저 들었다.

한 가지 다행인 것은 사에가 나쓰키와 마찬가지로 사건을 기억하지 못한다는 사실이었다.

(그렇다고는 해도 용서할 수 없어. 기억하지 못한다고 해서 사건이 없었던 일이 되는 건 아니야.)

범인에 대한 혐오감과 분노가 끓어올라 어찌할 바를 몰랐다.

당사자인 사에나 마코토뿐 아니라 다른 애들에게까지 상처를 준 그 남자는 법의 심판에 따른 죗값을 치르지도 않았고, 비열한 범행이 알려지기는커녕 주변 사람들에게 동정을 받으며 살고 있는 것이다. 죄책감은커녕 자신이 저지른 죄도 잊은 채로, 태연하게.

잘못된 일이라고 생각하지만, 사건이 일어난 것은 사 년 전이고, 나쓰키는 빵집 점원의 얼굴도 제대로 기억이 나지 않았다. 이제 와서 안다고 해도 할 수 있는 일은 아무것도 없기 때문에 목적지를 잃은 감정만이 남을 뿐이다.

입술을 깨물고 고개를 떨어뜨렸다.

범인도 사에도 지금 어떻게 지내는지 알 수 없다. 이노세의 말들이 사실이라면, 만약에 찾아낸다고 해도 그들은 사건에 대해 기억하지 못한다.

피해자와 가해자가 아무것도 기억하지 못하는 이상 경찰도 움직여주지 않을 것이다.

그 사건을 다시 문제 삼게 되면 사에만 상처를 받을 뿐이었다.

머리로는 알고 있지만 이해할 수 없었다.

"이제 와서 어쩔 수 없다는 건 알겠어요. 근데…… 그 얘기가 진짜라면 범인이 벌을 받지 않은 건 이상해요. 피해자를 보호하기 위해서 결과적으로 가해자까지 보호한다는 건 말이 안 된다고요."

이노세는 동감이라는 듯이 끄덕였다.

"기억술사도 그렇게 생각했을 수 있어. 그래서 피해자의 괴로운 기억뿐만 아니라 가해자인 그 남자의 기억도 함께 지운 거지."

"기억이 사라진 것만으로는 부족하다고요. 더 훨씬 고통스러운 방법으로…… 생각 같아서는, 이제라도 벌을 받았으면 좋겠어요."

죗값을 치러야 한다고 생각한다.

참다못한 나쓰키가 "제가 패주러 가고 싶어요."라고 말하자, 이노세는 "네 기분은 충분히 알아"라며 테이블에 양손을 올려 깍지를 꼈다.

"하지만 그는 본인이 한 짓을 깨끗이 까먹은 상태야. 죄를 저지른 것 자체를 잊고 있는 사람한테 어떻게 반성을 시키면 될까?"

조용히 설득하는 목소리를 듣고 고개를 들었다.

"그보다 앞서, 기억이 지워진 사람은 기억이 지워지기 전과 같은 사람일까? 본인이 전혀 기억하지 못하는 죄에 대해 따지고 물을 수 있을까?"

이노세는 나쓰키를 응시했다. 그 눈에도 목소리에도 나쓰키를 비난하거나 부정하는 느낌은 없었다.

단지 나쓰키의 생각을 듣고 싶은 눈치였다.

대답할 수 없었다. 아니, 그 이전에 그런 생각은 해본 적도 없었다.

"어려워요……."

이노세의 시선을 피해 티스푼을 손에 들고 이미 식어버린 로열 밀크티를 저었다.

어느샌가 기억술사가 우리의 기억을 지웠다는 전제 아래 이야기가 흘러가고 있지만, 침착하게 생각해보면 기억술사라는 존재 자체가 있을 수 없는 이야기다.

이노세의 이야기는 언뜻 듣기에 설득력이 있었고, 흐

릿한 사 년 전 기억과 조합해보면 이해가 되는 부분도 있었다.

하지만 기억술사가 기억을 지웠다는 부분이 너무나 비현실적이어서 그의 이야기를 어디까지 믿어야 할지 알 수 없었다.

"친구가 당한 일은 충격적일 거라고 생각하지만, 피해자도 가해자도 기억을 잃었기 때문에 엄연히 말하자면 이미 끝난 얘기야. 지금은 네가 갖고 있는 기억에 대해 듣고 싶어."

"제 기억요……? 뭐가 잊혔는지도 모르겠어요. 그 당시에는 언제 어디에 갔는지 그런 것들을 다 까먹어서 사람들이 이상하다고 했던 것 같아요."

엄마 손에 이끌려 병원에 가서 여기저기 검사를 받았지만, 뇌를 비롯해서 몸 어디에서도 이상 소견은 발견되지 않았다. 엄마는 걱정했지만 극히 일부의 기억만이 쏙 빠져나갔을 뿐 실질적인 피해는 없었기 때문에 스스로는 그다지 신경을 쓰지 않았다.

자신이 별일 아니라고 생각했기 때문일까, 나쓰키는 그당시 일이 정확하게 기억나지 않는다. 어떤 일을 계기로 당시 이야기가 거론될 때마다 엄마가 "그때는 정말 놀랐

어" 하며 설명해준 내용으로 기억에 덮어쓰기가 된 것 같
았다.

"그럼 반대로 생각해보자. 뭘 기억하고 있어? 지금 한 얘
기 중에 네 기억과 일치하는 부분은 있어?"

"음……. 모퉁이 빵집 일은 기억나요. 다 같이 매일 양호
실에 모였던 것도요. 자주 빵을 사러 갔던 것도 기억나고,
그 빵집 점원이 기억상실에 걸린 이야기도 들은 기억이 나
요. 저나 메이코의 기억이 사라졌다고 머리라도 다친 거
아니냐고 엄마들이 걱정했던 것도 흐릿하게 기억나고요.
근데…… 벌써 사 년 전 일이라서 당시 있었던 일 자체가
정확하게는 기억이 안 나요."

사람들이 우리보고 이상하다고 했던 일은 물론이고 그
이후의 일도 기억에 대한 확신은 없었다. 중학교 일학년의
어느 한 시기에 메이코나 마코토와 양호실에서 쉬는 시간
마다 함께 시간을 보냈던 것은 기억한다. 하지만 남아 있
는 것은 즐거웠던 기억뿐이다.

빵집 점원이 기억을 잃은 사건이 일어나고 일부에서 큰
화젯거리가 된 것은 알고 있다. 아마도 당시 친구들 사이
에서도 화제가 되었을 것이다. 하지만 그 기억은 거의 남
아 있지 않다. 기억술사가 일부러 지우지 않았더라도 사

년 전 기억이란 것은 원래 그런 정도의 존재인 것이다.

나쓰키는 이노세에게 기억이 정확하지 않다고 솔직하게 털어놓았다.

특별하게 인상적이었던 경험이라면 모르겠지만, 일상적인 일들에 대한 기억은 그리 오랜 시간 남지 않는다.

사 년 전 사건을 정확하게 기억하지 못한다고 해서 괴인이 기억을 지운 것이라고 소란을 떠는 것은 너무 엉뚱하다는 생각이 들었다.

"근데 사에가 겪은 그런 일은 만약에 얼핏이라도 들었다면 절대 까먹을 리 없어요. 내가 알고 있었다는 얘기……그거 진짜예요?"

"아사카 선생님은 그렇게 말씀하셨어."

이노세는 안경 너머로 그녀를 똑바로 바라보며 말했다.

"잊을 리 없는 큰 사건을 기억하지 못하니까 더더욱 기억술사가 관여되었다고 의심하는 거야."

그럴지도 모른다.

실제로 한 번이라도 사에에게 일어났던 일을 들었다면 절대 잊을 리 없었다.

하지만 나쓰키가 사에에게 그 얘기를 들었다는 확실한 증거는 없다. 미사에가 거짓말을 할 이유는 없지만, 그녀가 착각할 수도 있는 일이다. 어쨌거나 확인해볼 길은 없다.

기억이 사라졌다는 이야기를 들어도 실감이 나지 않았다.

"기억술사라는 말, 정말 들어본 적 없어?"

"없어요……. 예전에 들은 적 있는데 인상에 남아 있지 않은 것뿐일 수도 있지만요."

적어도 나쓰키는 메이코나 사에와 기억술사에 대해 이야기를 나눠본 기억이 없다.

나쓰키나 메이코의 기억이 지워진 원인은 지금도 밝혀지지 않았지만, 기억하는 한 그 당시 누구도 이것이 기억술사의 소행일지도 모른다는 이야기를 하지 않았다.

사 년이 지나 이노세가 나타나기 전까지는.

"지금도 엄마는 가끔 그 얘기를 꺼내세요. 근데 저는 뭔가 현실감이 없어요. 잘 기억은 안 나지만 그러고 보니 예전에 그런 일도 있었지, 근데 뭐 피해를 본 것도 아니니 별 상관없잖아 하는 정도의 느낌이랄까요? 원인이 뭐였는지는 궁금하지만, 아무리 그렇다고 해도 기억을 지우는 괴인이라뇨."

아무리 그래도 믿을 수 없다는 것이 솔직한 생각이었다.

괴담이나 불가사의한 이야기는 좋아하는 편이다. 기억술사라는 도시전설에 관심이 전혀 없다면 거짓말이 될 것이다. 그러나 만들어진 이야기니까 재미있다고 생각하는 것일 뿐, 누군가 자신의 기억이 기억술사에 의해 지워졌다고 한들 그리 쉽게 믿을 수 있는 일이 아니다.

"바로는 믿기 어렵다는 거 이해해. 처음 들었다면 더 그렇겠지. 십 년 전쯤 일부 지역 여고생들 사이에서 살짝 유행한 적이 있는데 그때는 믿는 사람들도 꽤 많았거든."

나쓰키가 기억술사를 부정하는 듯한 발언을 해도 이노세는 기분 나빠하는 기색을 보이지 않았다.

이노세는 자신의 커피 잔에 손을 뻗어 우유와 설탕이 들어간 커피를 마셨다. 나쓰키가 잘못 본 것이 아니라면 설탕이 네 스푼이나 들어간 커피였다. 아마도 그는 단것을 좋아하는 모양이다.

"나도 이 사건이 기억술사의 소행인지 오랜 시간 확신이 없었지. 사 년 전에 조사하려고 했는데 문전박대만 당하고 아사카 선생님한테도 얘기는 못 들었거든. 사 년 전 일이라 조금은 경계를 푼 것 같긴 해. 그리고 신문기자라는 타이틀 덕을 좀 봤을 수도 있고."

한두 모금 마시고 잔을 받침에 내려놓았다.

이노세는 뜨거운 음식에 약한 편인지 커피를 조금씩밖에 마시지 못하다가 이제 겨우 안심하고 마실 수 있는 온

도에 도달한 듯 보였다.

"너는 궁금하지 않니? 무엇을 잊었는지는 정확하게 몰라도 사 년 전에 너의 기억의 일부가 사라진 것은 틀림없는 사실이잖아. 가족들한테도 지겹도록 들어서 그건 인정하지?"

"네……. 어떤 기억이 일부 사라졌다는 건 알고 있어요. 하지만 아마도 그다지 중요한 기억은 아니었던 게 아닐까요? 사에 일은 별도로 치고……. 그 사건에 대해 제가 정말 알고 있었는지도 확실치 않고요."

기억술사의 존재를 믿고 있는 그의 기분을 배려해서 조심스럽게 이야기했다.

터무니없는 얘기라며 무조건 부정할 생각은 없다. 단지 자신의 기억이 일부 사라진 것에 관해서는 다른 가설로도 설명이 되는 것은 아닐까 생각한 것이다. 이노세를 설득해서 그의 생각을 바꾸고 싶은 생각은 없다. 나쓰키는 자신의 기억이 기억술사에 의해 지워졌다고 생각하지도 않고, 무엇보다 자신의 사라진 기억에 그다지 관심이 없었다. 사 년 전 아주 짧은 기간에 대한, 극히 일부의 기억에 불과하다. 사에의 사건을 제외하고는 특별한 일 없이도 어차피 시간이 지나면 잊힐 만한 기억들이다. 그것이 잊힌 원인을 일부러 파헤쳐보고 싶지 않다. 앞으로 같은 일이 반복된다면 불편하겠지만 다행히 그럴 기미는 보이지 않는다.

이노세의 생각에 찬성할 수 없다는 뜻을 슬며시 전달하고 싶다.

"가족들 얼굴을 까먹었다거나 하면 큰 문제겠지만. 일상생활에 지장을 줄 만한 기억이 사라진 것도 아니고, 병에 걸린 것도 아니고, 기억이 사라진 건 그게 처음이자 마지막이고요……. 이미 사 년 전에 있었던 일이잖아요. 솔직히 그렇게 궁금하진 않아요."

기억은 원래 사라져가는 것이다.

특정한 기억만 갑자기 사라졌다니, 확실히 부자연스럽고 시간의 경과에 따른 망각과는 다르다고는 생각한다. 하지만 뇌의 구조에 대해서는 아직 밝혀지지 않은 사실이 많다고 언젠가 메이코가 말한 적이 있다. 현대 과학으로는 원인을 밝혀낼 수 없는 기억상실이 일어나는 경우가 있을 것이다.

우연히 그게 같은 시기에 동시에 일어났다고 해서 누군가가 인위적으로 기억을 지웠다고 결론을 내리는 것은 경솔하다는 생각이 들었다.

"기자님께는 죄송하지만…… 역시 현실감이 없어요. 저

나 메이코의 기억이 사라진 건 이상하다고 생각하지만, 그렇기 때문에 기억술사를 믿는다는 식으로는 생각이 안 들어요."

나쓰키가 죄송하다는 듯한 표정을 하고 있었기 때문일까, 이노세는 "신경 쓰지 않아도 돼" 하며 미소를 지었다.

"당연하다고 생각해. 너희 세대는 기억술사에 대한 소문을 들어본 적도 없을 테니까 더더욱 그렇겠지. 오히려 바보 취급 하거나 무서워하지 않고 얘기 들어줘서 고마울 지경인걸."

"하지만 기자님은 기억술사가 있다고 믿는 거죠?"

"응, 도시전설에는 옛날부터 관심이 있었거든. 로망이 있잖아."

"저도 지어낸 이야기로는 재미있다고 생각해요……."

실재하는 것으로 믿는 것과는 별개의 문제다.

같은 시기에 같은 지역에서 원인 불명의 기억상실자가 나왔다는 이야기를 들었을 때 만약 기억술사라는 도시전설에 대해 알고 있었다면 머릿속에 떠오르기는 했을지도 모른다. 그러나 일반적이라면 기억술사의 소행임에 틀림없다고 진심으로 믿거나 하지는 않을 것이다.

이야기를 나누어보니 다소 자신만의 세계가 강한 듯 보

이긴 하지만 지극히 정상적이고 양식 있는 어른으로 보이는 그가 조금의 의심도 없이 기억술사의 존재에 대해 믿고 있다는 사실이 신기했다.

"나도 이번 사건뿐이라면 기억술사랑 연관 짓지 않았을지도 몰라. 내가 기억술사의 존재에 대해 확신을 갖게 된 계기는 다른 일 때문이었지."

그때까지 나쓰키를 향해 있던 시선을 살며시 커피 잔으로 돌려 이노세는 지금까지와 다름없는 어투로 말했다.

"아는 사람이 기억을 잃었어."

나쓰키는 밀크티를 마시다 동작을 멈췄다.

이노세를 물끄러미 바라보았다. 이노세는 나쓰키와 눈을 맞추고는 살짝 웃었다.

"이미 한 십 년 전 얘기인데, 기억술사에 대한 도시전설이 일부 지역에서 유행한 적이 있어……. 내 지인은 그걸 조사하고 있었지. 기억술사의 소행으로 여겨지는 기억상실 사건이 보고된 사례가 몇 건 있어서, 기억을 잃은 사람들의 관계자나 실제로 기억술사를 만났다는 사람들을 만나서 이야기를 듣곤 했지. 그러다 어느 날 갑자기 그 사람은 그때까지 얻은 정보를 포함해서 자신이 기억술사에 대해 조사하고 있었다는 사실까지 전부 잊어버렸어."

나쓰키가 신경을 쓰지 않도록 하기 위해서일까, 이노세는 어두운 표정이 아니었다. 하지만 한 번 정도 나쓰키에게 눈길을 줬을 뿐 이내 또다시 눈을 피해버렸다. 그대로 담담하게 이야기를 이어갔다.

"자신을 뒤쫓는 사람이 있다는 걸 눈치채고 경계를 한 건지 그 사람의…… 정확하게는 그 사람을 포함해서 기억술사를 조사하고 있던 몇몇 사람의 기억을 지운 후에 기억술사는 활동을 중지한 것 같았어. 그리고 몇 년 동안은 기억술사에 대한 풍문은 듣지 못했고……. 나는 기억술사의 동향을 항상 체크하고 있었지만, 활동을 하지 않으니 당연히 새로운 단서를 얻을 수 없었어."

나쓰키는 잔을 내려놓고 얼굴을 들려고 하지 않는 이노세를 보았다.

거짓말을 하고 있는 것처럼 보이지는 않았다.

사람은 거짓말을 할 때 눈을 피한다고, 남자들은 특히 더 그렇다고 어딘가에서 들어본 적이 있다. 아마도 메이코가 해준 얘기일 것이다. 하지만 그의 경우는 가능한 한 사실만을 전달하고 자신의 감정은 숨기려고 하는 것 같았다.

"기억술사의 소행이라고 의심되는 사건이 일어나면 바로 움직일 수 있도록 항상 신경 쓰고 있었는데 별 소식이 없었어. 몇 년이 지나고 거의 포기하려는데 이 동네에서 일어난 사 년 전 사건을 알게 됐어. 그게 내가 겨우 찾아낸 단서였던 거지. 당시에는 결국 생각처럼 성과를 내지는 못했지만."

기억술사를 조사하던 사람의 기억이 부자연스럽게 지워졌다. 그것을 바로 눈앞에서 보았다면 그가 기억술사의 실존을 믿고 있는 것도 이해가 간다. 가까운 누군가의 기억이 지워진 것도 기억술사를 찾을 만한 충분한 동기가 될 것이다.

이노세는 아는 사람이라는 표현을 썼지만 어쩌면 기억을 잃은 사람은 그의 친구이거나 애인이었을지도 모른다는 생각이 불현듯 들었다.

"그 사람은 지금 어떻게 지내요? 기억을 잃은 그 사람."

"글쎄……. 잘 몰라. 지금은 연락 안 하고 지내니까."

이노세는 천천히 눈을 깜빡이며 말했다.

"나도 잊었거든."

분노도 슬픔도 느낄 수 없는 그저 고요한 그 목소리에 가슴속 깊은 곳을 휘젓듯 파도가 일었다.

교복 치마 위에 내려놓았던 양손을 꼭 쥐었다. 기억술사의 존재에 대해서는 반신반의하지만, 지금 눈앞에 있는 이노세가 거짓말을 하고 있지 않다는 것은 알 수 있었다.

그가 기억술사의 간접적인 피해자라면 자신은 꽤나 무신경한 발언을 한 것이다.

나쓰키는 당황하면 금방 얼굴에 티가 난다고 가족이나 메이코에게 자주 지적을 당한다. 지금도 얼굴에 드러났는지 이노세는 눈을 들어서 나쓰키를 보고 안심시키려는 듯 눈가에 미소를 떠었다.

"괜찮아. 원래 많이 친했던 사이도 아니었고. 이미 옛날 일이야."

이노세는 아무 일 아니라는 듯이 말했다.

그러나 그가 지금까지 몇 년 동안이나 포기하지 않고 기억술사를 찾고 있다는 것은 그에게 있어서 그 일이 '옛날 일'이 아니라는 것을 의미했다.

로망이 있잖아, 하면서 가벼운 호기심으로 조사하고 있다고 한 것은 가능하면 기억술사를 찾는 진짜 이유를 숨기고 싶어서였는지도 모른다. 하지만 숨긴 채로는 나쓰키의 협조를 얻을 수 없다고 판단해서 바로 본심을 밝힌 것이다. 그만큼 그는 진지하다는 이야기다.

별일 아니라는 듯 상처받지 않은 얼굴로 웃고 있는 그가 애를 쓰고 있는 것처럼은 보이지 않아 오히려 더 보고 있기가 힘들었다.

가라앉은 분위기를 바꿔보려는지 이노세는 커피 잔에 손을 뻗었다.

천천히 한 모금 마신 후 잔을 받침에 내려놓고 그는 다시 한 번 나쓰키를 바라보며 말했다.

"나는 기억술사가 사람들의 기억을 지우는 행위를 옳다고 생각하지 않아. 기억술사는 그 행위를 멈춰야 한다고 생각해."

지금까지 계속 온화하게 웃고 있던 그의 얼굴이 진지한 표정으로 바뀌었다.

이유는 모르겠지만 뭔가 불편함이 느껴졌다.

그가 왜 그 사실을 자신한테 털어놓았는지 이해가 가지 않았다. 그의 목적은 기억술사를 찾아내는 것이지만 나쓰키는 아무것도 기억이 나지 않는다. 기억술사가 기억을 지웠다면 아무것도 기억하지 못하는 것은 당연한 일이고, 그렇지 않더라도 사 년 전 일 따위 이미 잊었다. 설사 그에게 동정심을 느끼고 동조한다고 해도 나쓰키로서는 할 수 있는 일이 아무것도 없다.

"빵집 점원이나 우리의 기억이 사라진 것이 기억술사의 소행이라고 해도 이미 사 년이나 지난 일이에요. 왜 이제 와서 이 동네에 온 거예요?"

　사 년 전에도 이 동네에 왔지만 그 당시에는 정보를 얻을 수 없었다고 말했다. 사건 직후에도 밝혀내지 못한 단서나 정보를 이제 와서 조사해본들 알아낼 수 있을 리 만무하다.

　나쓰키의 질문을 예측한 듯 이노세는 바로 대답했다.

　"사 년 만에 기억술사가 활동을 재개했기 때문이야."

　전혀 예상하지 못한 대답에 나쓰키는 잔을 입에 댄 채로 움직임을 멈췄다. 꿀꺽하는 소리가 크게 들렸다. 하마터면 밀크티가 기도에 들어갈 뻔했다.

　"어떤 여자가 주변에서 걱정할 정도로 심한 '건망증'에 걸렸다는 얘기를 들었어. 그때는 아직 기억술사의 소행이라는 확신은 없었어. 단지 그냥 좀 마음에 걸렸지. 그래서 조사해보니 그 여자애가 기억을 잃기 한 달 전에 인터넷상에서 기억술사에게 도움을 요청했다는 사실을 알게 됐어. 도시전설 사이트 채팅방에서 기억술사에 관한 질문을 남긴 이력도 남아 있었어. 그녀가 기억술사와 접촉한 사실을 추측할 만한 글도 있었고."

　나쓰키가 잔을 내려놓을 때까지 기다렸다가 이노세는 그렇게 이야기했다.

"그럼…… 그 사람은 기억을 지우려고 스스로 기억술사를 수소문했다는 얘기예요?"

"아마도. 알아보니 그 여자가 살고 있는 곳이 사 년 전 사건이 일어난 곳과 같았지, 이 동네 말이야."

기억술사가 더 이상 나타나지 않을지도 모른다고 거의 포기할 때였다고 이노세는 말했다.

바로 그때 그가 아는 한 마지막으로 기억술사가 나타난 동네에서 또 예전과 같은 사건이 일어난 것이다. 그가 이 동네로 온 것도, 사 년 전 사건을 처음부터 다시 조사하고 있는 것도 이해가 되었다.

"기억술사는 이 동네에서 활동을 재개했어. 그걸 계기로 또 예전처럼 계속 사람들의 기억을 지울 생각인지는 아직 모르지만, 적어도 최근에 이 부근에서 많은 사람이 기억을 잃고 있는 건 틀림없는 사실이야."

이노세의 이야기가 사실이라면 지금 이 동네에 기억을 지우는 괴인이 있고 한창 활동 중이라는 말이 된다.

공포나 위기감을 느껴야 할 것 같았지만 왠지 현실감이 없고 어떻게 반응해야 좋을지 알 수 없었다. 기억술사라는 존재가 너무나 막연해서 구체적인 이미지를 떠올릴 수 없기 때문일 수도 있다.

무엇보다 기억술사 이야기의 진위 여부를 떠나서 이미 지난 일이라고 생각하고 있었기에, 기억술사를 '현재' 존재하는 것으로서 받아들일 마음의 준비가 되어 있지 않았다.

"많은 사람이라뇨? 그 기억술사를 찾고 있던 여자 말고도 기억을 잃은 사람이 또 있다는 거예요?"

이노세는 그렇다고 끄덕였다.

"그중에는 사 년 전 사건의 관계자도 포함되어 있어. 내가 실제로 만나서 확인했어."

그렇게 일단 말을 끊고 풀었던 양손 깍지를 다시 끼며 말했다.

"너야."

무슨 말을 하는지 바로는 이해할 수 없었다.

"네?" 하고 바보같이 되묻고는 웃어보려 했지만 관뒀다.

농담인 줄 알았는데 이노세는 웃고 있지 않았다.

"오늘 학교 앞에서 지나쳤을 때는 혹시나 했는데, 그 후에 말을 걸어보고 확신했지. 네 표정은 연기가 아니었거든. 정말 나를 기억하지 못하고 있었어."

"무슨 말을……."

"우리가 아까 나눈 대화를 전에도 한 번 한 적이 있어. 근데 넌 기억이 안 나지? 그게 바로 기억술사가 존재한다는 증거야."

소름이 끼쳤다.

처음으로 무섭다는 생각이 들었다.

그 공포심이 기억술사에 대한 건지, 눈앞에 있는 이노세에 대한 건지, 아니면 그가 하려는 이야기에 대한 건지 알수 없었다.

나쓰키는 어느새 의자를 뒤로 당겨 물러나 있었다.

"그때도 너는 기억술사가 뭔지도 모르겠고 우리하고는상관없는 얘기라고 했어. 너는 기억하지 못하겠지만."

이노세는 녹음도 해놓았다며 뭔가를 꺼내려고 했다. 나쓰키는 자기도 모르게 "하지 마" 하고 소리를 질렀다. 예상보다 큰 소리를 냈는지 근처 자리에 물을 나르던 점원이뒤를 돌아봤다.

"기억술사 따위 모른다니까. 이상한 소리 하지 마세요."

이노세의 말을 끝까지 듣지 않고 자리에서 일어섰다.

혼란스러웠다.

이유는 모르지만 그저 도망치고만 싶었다.

"저 갈래요" 하고는 등을 돌렸다.

"사 년 전에도 그리고 최근에도 너는 기억술사를 만났어. 그리고 기억이 지워진 거야."

뒤에서 이노세의 목소리가 들려왔지만 못 들은 척하고 뛰었다.

이노세는 쫓아오지 않았다.

카페를 나와 한참을 뛰고 난 다음 뒤를 돌아보고 확인하며 숨을 내쉬었다.

한참을 뛰었던 탓에 심장 박동이 빨랐다. 속도를 낮추고 걸으면서 천천히 호흡을 가다듬었다.

무서운 이야기를 들을 것 같은 예감이 들어서 충동적으로 도망을 쳤다.

이야기 도중에 뛰쳐나온 것은 잘못된 행동일지 모르지만, 나머지 이야기를 듣고 나면 도망칠 수 없을 것 같았다.

이노세의 이야기가 사실이든 아니든 그렇게까지 해서 나쓰키를 믿게 하려고 하는 것이 불쾌하고 무서웠다.

(그게 사실이라면……)

그런 생각이 들어 터져 나오려는 불안감을 서둘러 지웠다.

그럴 리 없어.

이노세가 너무 진지해서 이야기를 듣고 있을 때는 믿을 뻔하기도 했지만, 침착하게 생각해보면 말도 안 되는 이야기다. 기억을 지우는 괴인이라니, 비현실적인 이야기에도 정도가 있지.

이노세가 거짓말을 하고 있는 것 같지는 않았지만, 그 자신도 그렇게 착각하고 있는 것인지도 모른다.

호흡과 심장 박동이 가라앉자 기분도 점차 안정을 되찾았다.

(딱히 무서워할 것 없어. 그건 저 기자님이 그렇게 말하는 것뿐이고.)

전에도 만나서 얘기한 적 있다니 아마 엉터리일 거야.

(녹음이 있다고 말했지만……. 왜 그런 거짓말을 하는지도 모르겠고.)

생각하기 시작하니 또 무서워졌다.

머리를 흔들어 쓸데없는 생각을 떨쳐버렸다. 생각할 필요 없는, 나랑은 관계없는 이야기다. 앞으로도 상관할 일 없을 것이다.

(더는 생각하지 말자.)

기분을 바꿔보자, 조금 멀리 돌아서 노래방이나 오락실이나 그런 즐거워질 만한 곳으로 가자. 이런 생각으로 나쓰키는 고개를 바짝 들고 가슴을 폈다.

도넛 가게 간판이 눈에 들어왔지만 이제 막 팬케이크를 먹어치운 터였다. 기분이 좋아질 만한 것을 찾으려 두리번

거리다가 도넛 가게 모퉁이 옆 좁은 길목에 전부터 궁금했던 고급스러운 목욕용품 전문점이 있었다는 생각이 떠올랐다.

앞을 지날 때마다 곁눈으로 보기만 했고 지금까지 들어가본 적은 없다. 그 가게가 있는 골목에는 천연염색 손수건을 파는 가게나 한 알에 몇백 엔씩 하는 초콜릿 가게 등 고등학생에게는 문턱이 높은 어른스러운 가게가 늘어서 있다.

골목을 꺾어 들어가 쇼윈도 너머로 안을 들여다보니 지금은 마침 손님이 별로 없었다. 고등학생이 교복을 입고 게다가 혼자 들어가기에는 꽤 용기가 필요한 가게였지만, 일단 한번 들어가보기로 했다.

가게 안으로 한 발짝 들여놓는 순간 좋은 향기가 나쓰키의 몸을 감쌌다.

"어서 오세요."

나쓰키를 본 점원은 의외의 손님을 차가운 눈으로 보지 않고 고상한 미소를 지었다.

살짝 고개를 까딱여 인사하고 설레는 마음으로 천천히 진열대를 보았다.

좋은 향기가 나는 파스텔 톤의 목욕용품들을 보고 있는

것만으로도 긴장이 풀리는 것 같았다.

하나에 1,000엔 이상 하는 입욕제나 몇천 엔이나 하는 보디크림도 진열되어 있었지만, 개별 포장된 배스 솔트나 배스 큐브 같은 것들은 나쓰키가 살 만한 가격이었다.

아까까지 마음에 들러붙어 있던 불안감이 달콤한 향기로 뒤덮여 사라졌다. 과감하게 들어와보길 잘했다는 생각이 들었다. 이번 주말쯤 메이코랑 다시 한 번 오고 싶다는 생각을 했다.

복숭아와 오렌지 향이 나는 배스 큐브를 골라 계산대로 가져가자 아까 그 점원이 상냥하게 응대해주었다.

포인트 카드 만드시겠느냐는 질문에 그러겠다고 대답하고, 시키는 대로 용지에 주소와 이름 그리고 생년월일을 기입했다.

계산대에 있던 컴퓨터로 고객정보를 입력하는 듯하던 점원이 고개를 갸우뚱거렸다.

"어, 그런데 고객님. 이미 포인트 카드는 발급된 걸로 나와 있는데요."

"네?"

"오사키 님의 성함으로 이미 등록되어 있습니다."

그 점원은 "이렇게 생긴 카드인데요" 하면서 옅은 보라

색에 네 귀퉁이가 둥글게 생긴 포인트 카드를 보여줬다.

"갖고 계시지 않나요?"

처음 보는 카드였다. 그보다 이 가게에 들어온 건 이번이 처음이었다.

당황해하면서 지갑을 열어보니 디브이디 대여점 카드와 노래방 회원 카드 사이에 라벤더 색이 언뜻 보였다.

"어!"

꺼내서 확인해보니 점원이 보여준 것과 같은 포인트 카드였다. 하지만 나쓰키는 이런 카드를 만든 기억이 없다.

등골이 오싹해졌다.

이노세의 이야기가 떠올랐다.

점원은 "있어요? 그럼 적립해드릴게요"라며 웃는 얼굴로 손톱까지 예쁘게 손질된 손을 내밀었다. 어리둥절한 채로 카드를 건네고, 영수증과 함께 되돌아온 카드를 지갑에 넣고 예쁜 쇼핑백에 담긴 제품을 받아서 가게를 나왔다.

도넛 가게 모퉁이를 돌아 언제나 다니는 길로 되돌아와서 길 한쪽 구석에서 지갑을 열어 카드를 꺼내보았다.

카드 뒷면을 확인해보니 틀림없이 나쓰키 자신의 글씨체로 이름이 쓰여 있었다. 작성한 날짜도 그 밑에 작게 기재되어 있었다. 분명 자신의 글씨였다.

(이런 거 본 적 없어.)

기억이 나지 않았다.

이노세의 이야기를 듣기 전이었다면 참 신기한 일도 다 있네 하며 지나쳤을지도 모른다. 하지만 그 얘기를 들은 다음이니 당연히 이런 생각이 들 수밖에 없었다.

내 기억이 사라졌다고?

(우연이겠지……)

어떤 식으로든 설명이 될 것이다.

우연히 기억술사에 대한 이야기를 들은 후라서 묘한 생각을 할 뻔했을 뿐이라고. 새로운 가게가 우후죽순으로 생기고 있는 이 부근에는 비슷비슷한 가게도 적지 않기 때문에 전에 한 번 들어간 적이 있는 것을 까먹었을 뿐이라고, 그렇게 생각하고 싶었다.

그러나 머릿속 어느 한구석에서는 더는 스스로를 속여 봤자 무의미하다는 것을 알고 있었다. 그 가게가 생긴 건 석 달 전쯤이었다. 카드에 적힌 날짜는 지난달로 되어 있고 잊힐 만큼 옛날 일도 아니다.

심장의 고동이 또다시 빨라지기 시작했다.

(기억술사라……)

스마트폰을 꺼내 검색 사이트에 접속했다.

검색창에 '기억'이라고 입력하자마자 관련검색어 자동 완성 기능으로 '기억술사'라는 후보가 표시됐다. 이노세는 일부에서만 유명한 도시전설이라고 했지만 그런 것치고는 검색 빈도가 높은 것 같았다. 생각보다 많은 페이지가 검색되었다.

이로써 기억술사는 이노세가 만들어낸 이야기가 아니라 실제로 존재하는 도시전설이라는 사실이 확인되었다.

(어라……?)

제일 위에 검색된 도시전설 사이트의 타이틀 색이 다른 것들과는 달랐다. 최근에 이 스마트폰으로 누군가가 이 사이트에 접속했다는 이야기다.

(이게 뭐지?)

그제야 이해가 되었다.

자동완성 기능은 자주 검색되는 키워드뿐 아니라 단말기 소유자가 최근에 입력한 단어를 기억하고 예측하는 기능이다. '기억'이라고 첫 두 글자를 입력한 것만으로 '기억술사'라는 단어가 뜬 것은 이 스마트폰 주인인 나쓰키가 전에도 검색한 적이 있기 때문이다.

검색한 사이트로 접속해서 기억술사에 대한 설명을 읽었지만 특별한 정보는 얻을 수 없었다.

다음으로 도시전설에 관한 정보를 공유할 목적으로 만들어진 듯한 게시판을 체크했다. 게시판 제일 위에 코멘트 투고란이 있고 그 투고자 이름 칸에는 '나쓰키'라고 이미 들어가 있었다. 이 스마트폰으로 누군가가 '나쓰키'라는 닉네임을 써서 이 게시판에 코멘트를 남기려고 했다는 것이다.

심장소리가 시끄러웠다.

진정하기 위해 심호흡을 하려니 목구멍에서 소리가 새어 나왔다.

(무서워.)

인정할 수밖에 없었다.

아무 기억도 나지 않는다. 하지만 여기 증거가 남아 있다.

틀림없이 누군가가 나쓰키의 이름과 주소 그리고 생년월일을 사용해서 포인트 카드를 만들고, 나쓰키 휴대전화로 기억술사에 대해 검색하고 도시전설 사이트에 접속해서 글을 남긴 것이다.

그리고 그것은 아마도 나쓰키 자신이다.

나쓰키는 겨우 이해를 하고 잠시 동안 멍하니 그 자리에 서 있었다.

*

이노세는 아직 카페에 있었다.

나쓰키가 돌아올 것이라고 생각해서 기다리고 있었던 것은 아닌 듯 그녀를 보자 놀란 표정을 지었다.

"이거 처음 들어간 가게인데 회원등록이 이미 되어 있다고 해서……. 지갑에 만든 적 없는 포인트 카드가 들어 있었어요."

지갑에서 꺼낸 카드를 보여주며 머리를 숙였다.

"믿을게요. 아니, 이미 믿고 있어요. 의심해서 죄송해요."

"아니……. 괜찮아. 당연한 거야."

"앉을래?" 하는 이노세의 제안을 받아들여 다시 한 번 그의 맞은편에 앉았다.

다 먹은 팬케이크 접시는 이미 치워진 뒤였다.

이노세는 한 달 전에 만났을 때 녹음했다는 음성파일을 들려주었다. 그때의 나쓰키는 바로 자리에서 일어났는지 녹음 자체는 짧았다.

"기억술사가 뭔지도 모르겠고 우리하고는 상관없는 애기라고요"라고 내뱉고는 후다닥 뛰어가는 소리로 녹음은 끝이 났다.

동요해서 도망치는 반응의 패턴이 완벽하게 오늘의 본인과 일치해서 한심하고 창피하다는 생각이 들었다.

"내가 잘 전달하지 못한 거지. 다 소화도 못 시키는데 한 번에 너무 많은 얘기를 했으니 경계하는 것도 당연하고 동요하는 것도 당연해."

이노세가 위로해주었다.

나쓰키가 휴대전화에 검색 이력이 남아 있었다고 말하자, 고개를 끄덕이며 게시판에 올린 글을 그도 읽었다고 했다.

"이게 네가 쓴 글. 컴퓨터에 기록도 남겨졌지만."

자신의 스마트폰을 조작해서 스크린 캡처한 게시판 화면을 보여주었다.

'나쓰키'라는 이름으로 '기억술사님 여쭤보고 싶은 게 있습니다, 꼭 만나고 싶으니 연락 주세요'라고 쓰여 있었다. 메일 주소까지 적혀 있었으나 나쓰키가 모르는 프리메일 주소였다. 평소 사용하는 메일 주소를 공개하지 않을 정도의 판단력은 있었던 모양이다.

실제로 나쓰키에게 기억이 없다는 것은, 한 달 전의 나쓰키가 이노세와 만난 후 독자적으로 기억술사와의 접촉을 시도해서 성공했다는 것을 뜻했다.

한 달 전에 취득한 것으로 보이는 프리메일 주소 수신함을 보면 기억술사로부터 온 답장이 있을지도 모르지만 설정한 비밀번호조차 기억에 남아 있지 않았다.

"글은 이것 말고도 또 있어. 며칠 간격으로 몇 번이나 글이 올라와 있었어. 다른 게시판에도. 기억술사는 그중 어느 하나를 본 거겠지."

"기억술사라는 게 그렇게 간단하게 연락이 닿는 거예요? 계속 찾고 계시다면서요. 기자님은 게시판 같은 데 글남겨보신 적 없어요?"

"물론 있지. 근데 답장이 온 적은 없어. 왜 네 글에 답장을 한 건지 정확하게는 모르겠어. 우연히 봤거나, 아니면 사 년 전에 본인이 기억을 지운 상대라 기억술사도 신경을 쓰고 있는 걸지 몰라."

만약 그렇다면 나쓰키는 자신이 모르는 사이에 기억이 지워졌을 뿐 아니라 몇 년간 감시를 당해왔다는 이야기다. 실질적인 피해 여부를 떠나서 기분이 좋지만은 않았다.

"근데 전 왜 기억술사를 찾고 있었던 걸까요?"

그 점부터가 의문이었다.

녹음상으로는 한 달 전에도 나쓰키는 기억술사의 존재를 부정했다. 적어도 인정하고 싶지 않다는 투였다. 무서워서 엮이고 싶지 않다고 생각했다면 그 후에 왜 게시판에 그런 글을 올린 걸까.

입으로는 상관없는 얘기라고 해놓고 실은 관심이 있었던 걸까. 그렇다면 이노세에게 협조하면 될 일이었다. 이노세에게는 모른다고, 믿지 않는다고 해놓고 나중에 혼자 기억술사와 연락을 취하려 한 이유를 알 수 없었다.

믿고 싶지 않지만 혹시나 하는 생각이 있었을 수도 있다. '그러고 보니 그런 신기한 일이 있긴 있었는데 그게 과연 기억술사 소행이었을까' 하며 입으로는 부정하면서도, 내심 그 존재를 인정하고 있었는지도 모른다. 하지만 그렇다고 해서 이유도 없이 직접 나서서 기억술사와 접촉을 시도했으리라고는 생각할 수 없었다.

(여쭤보고 싶은 게 있다니…….)

게시판에 올린 글은 문장도 뭔가 의미심장했다. 기억술사의 관심을 끌기 위해 적당히 쓴 것일 수도 있겠지만 신경이 쓰였다.

"어쩌면 너나 친구의 기억을 마음대로 지워버린 기억술사에게 분노를 느낀 걸 수도 있고……. 아니면…… 내가 당시의 관계자 중에 기억술사나 기억술사와 연결된 사람이 있었을 가능성이 높다고 얘기했을 때 너는 상당히 동요

했거든. 장본인을 찾아내서 너 자신과 친구에 대한 의심을 풀어주려고 했던 걸지도."

그 가설이 좀 더 설득력이 있어 보였다.

기억술사에게 화가 나서 찾아내려고 했을 가능성은 낮아 보였다. 기억이 사라졌다고 해도 나 자신이 한 일이기 때문에 알 수 있다.

목욕용품 가게에서 내 기억의 일부가 사라졌다는 사실을 알아차렸을 때 등골이 오싹했다. 하지만 그것은 어디까지나 자신도 모르는 사이에 기억이 사라진 현상과 그 상태에 대한 공포심이었다.

기억술사 자체가 위험하다거나 무서운 존재라는 인상은 받지 않았다.

(기억술사가 한 행동이 그렇게 나쁜 일일까?)

사 년 전 기억술사가 한 일은 괴로운 기억을 지우고 싶다는 사에의 소원을 들어준 것뿐이다. 그로 인해 주변에 있던 나쓰키나 메이코를 포함해 몇 명의 기억도 함께 사라졌다고는 하지만, 그것 또한 실질적인 피해가 있었던 것은 아니다.

나쓰키는 주변에서 지적하기 전까지 자신의 기억이 사라진 사실조차 모르고 있었다. 알았다면 불안감이나 공포를 느낄 수도 있겠지만, 모르고 지나갔다면 그저 괴로운 기억만 잊고 기억이 사라진 사실도 모른 채 즐겁게 지낼 수 있었을 것이다. 기억술사의 의도는 사람들을 공포에 빠뜨리려는 것은 아닐 것이다.

빵집 점원은 자신에 관한 기억을 거의 잃고 딴사람이 되어 병원에 입원했다고 하는데, 아무리 생각해도 그것은 자업자득이다.

그의 기억을 지워서 그 가게에서 더 이상 일하지 못하게 한 것은 앞으로 또 다른 여자아이들이 피해를 당하지 않게 하기 위해서일 것이다.

그때 빵집 점원을 고발했다면 피해자들의 정보도 노출되었을 것이 뻔하다. 그렇게 되는 것을 막으면서 그를 벌하고 피해자를 구제하는 방법을 찾지 못했기 때문에, 당시 미사에 선생님도, 사건을 알고 있던 소녀들도 아무것도 할 수 없었을 것이다.

기억술사는 기억을 지움으로써 범인에게 벌을 주는 동시에 사건의 재발을 방지하고, 피해자의 끔찍한 기억을 지워 마음의 상처를 없애주었다.

그 사건을 해피엔딩으로 끝내기 위해서는 그 방법밖에 없었을 것이라는 생각조차 들었다.

지인의 기억이 지워졌다는 이노세에게는 차마 말할 수 없지만, 나쓰키는 기억술사의 존재가 나쁘다는 생각은 들지 않았다.

한 달 전의 나쓰키도 같은 생각이었을 것이다. 책망하기 위해 기억술사를 찾고 있었다고는 생각하기 어려웠다.

이노세 몰래 기억술사를 만나서 나는 과연 무엇을 하려고 했던 것일까.

"너는 내가 파악하고 있는 한 기억술사의 마지막 피해자야. 최근 한 달 동안 한 행동이나 메일 내용을 확인해서 좀 알려줬으면 좋겠는데."

"그건 상관없는데요……."

"최근 한 달 동안 만난 사람이나 방문한 장소도 같이. 특히 중학교 때 친구랑 오랜만에 만났다거나 그런 게 있으면 알려줘."

"중학교 때요? 그건 왜요?"

"기억술사는 그 당시부터 너나 나카노 사에 근처에 있었던 인물일 가능성이 높기 때문이야."

이노세는 그렇게 말하고 옆자리에 놓아둔 가방에서 클리어 파일을 꺼냈다.

그 안에 A4 용지가 끼워져 있는 것이 보였지만, 그는 내용이 보이지 않도록 뒤집어서 테이블 끝에 놓았다.

"사 년 전에 기억술사한테 의뢰를 한 건 아마도 나카노 사에일 거야. 그녀가 어떻게 기억술사의 존재를 알게 되었는지를 알고 싶어."

나쓰키는 무의식적으로 클리어 파일을 향해 있던 눈을 이노세에게 되돌렸다.

"아까도 말했지만 기억술사에 대한 풍문은 약 십 년 전에 일부 지역에서 유행했던 도시전설이야. 유행은 오래가지 않았고 사 년 전 사건이 있었을 때는 이미 유행이 한풀 꺾였다고 해야 할지, 하여튼 거의 지나간 후였을 거야. 그러니까 그런 몇 년 전에 잠깐 유행했던 도시전설을 사 년 전의 나카노 사에는 어떻게 알았느냐 하는 거지."

"그건…… 도서실 선생님한테 들었다면서요."

"직접적으로는 그렇지. 하지만 그 선생님이 누구한테 들었는지는 아직 몰라. 그 선생님한테 직접 물어봤는데 기억이 안 난대."

이노세는 역시 발 빠른 사람이다.

선생님 안부를 물어보니 "의심해서서 별 얘기는 못 들었지만"이라며 쓴웃음을 지었다.

마침 이야기가 도중에 끊긴 김에 잘됐다고 생각했는지,

이노세는 손을 들어 점원을 불러 커피를 한 잔 더 시켰다. 나쓰키에게도 추가로 더 주문하겠느냐고 물어봤지만 거절했다. 오래 있을 생각은 없었기 때문이다. 이미 창밖이 어둑어둑해지고 있었다.

이노세는 주문을 받은 점원이 떠난 것을 확인하고 잠시 본론에서 벗어났던 이야기를 되돌렸다.

"당시 유행했던 도시전설이라면 어딘가에서 들었을 수도 있겠지만, 사에랑 같은 학교를 다녔던 너나 다른 친구들도 기억술사를 들어본 적이 없잖아. 그런 유명하지도 않은 풍문이 우연히 지우고 싶은 기억 때문에 괴로워하는 사에의 귀에 기다렸다는 듯이 들어갔다는 게 이상하지 않아?"

이노세가 무슨 말이 하고 싶은지 알 것 같았다.

"기억술사가 실존한다는 사실을 알고 있는 누군가가 사에한테 알려줬다는 그런 말씀이세요?"

"암시만 했을 수도 있고. 하지만 분명 의도적이었을 거야. 나카노 사에는 사람들이랑 나서서 대화를 나누는 스타일이 아니었어. 도서위원회 고문 선생님과 특별히 친했던 것도 아니고. 근데 그 선생님이랑 갑자기 도시전설에 대해서 얘기를 했다는 것 자체가 부자연스럽다는 거지. 어쩌면 그 자리에 있던 누군가가 화제를 그쪽으로 유도한 게 아닐까?"

"……."

그렇다면 그것이 가능한 사람은 사에가 고민을 하고 있다는 사실을 알고 있었거나 알 수 있을 만큼 가까운 사람이다.

이야기의 종착점이 무엇인지 알 것 같아서 나쓰키는 입을 다물었다.

이노세는 거침없이 말을 이어갔다.

"당시에 나카노 사에랑 친했던 학교 관계자 중에 기억술사와 연결된 사람이 있었을 가능성이 높아. 아니면 그 인물이 기억술사 본인이었을 수도 있고."

사에는 친구가 많지 않았다. 그녀의 좁은 행동반경을 생각하면 후보는 필연적으로 좁혀진다.

"친구한테 들었다든가 친구와 함께 들었다면 사에는 그렇게 말했겠죠. 니시카와 선생님한테 들었다고 말했다는 건 우리가 아닌 다른……."

"니시카와 선생님이랑 나카노 사에한테 기억술사에 대해서 알려준 다음 자신한테 들었다는 기억만 지웠을지도 모르지."

하긴 기억술사라면 가능한 일이다.

가만히 듣기만 하던 나쓰키에게 이노세는 재차 공격을 가했다.

"사실 나는 너나 가미쿠라 메이코를 의심했어."

"네? 왜요?"

"사 년 만에 기억술사가 활동을 재개했다고 했지? 그 피해자는 사건 당시 K 여대 부속고등학교에 다니는 학생이었어. 당시 사건의 관계자면서 지금 K 여고에 다니는 사람은 너희 둘뿐이거든."

그래서 내가 우리하고는 상관없는 얘기라고 한 거구나. 이노세가 들려준 녹음에서 내가 한 달 전에 한 말이 이제야 이해가 되었다.

그는 한 달 전에도 분명 같은 이야기를 했을 것이다.

좀 실례되는 말 아니냐며 따지고 싶은 생각도 들었지만 악의는 없어 보여서 관뒀다. 표면적으로 협력관계인 양 행동하면서 속으로 의심하기보다는 처음부터 솔직하게 밝혀준 점을 좋게 봐줘야 할지도 모르겠다.

"사건 당시라는 건…… 지금이 아니에요?"

"그녀의 기억이 지워진 건 올해 3월이야. 그녀는 당시 고3이었는데 지금은 K 여대에 다니고 있어. 한 달 전에 찾아갔을 때 못 만나서 아직 직접 얘기를 나누지는 못했어."

사건 후에 대학에 진학했다고 한다. 그녀의 기억을 지운 것도 기억술사의 소행이라는 것이 사실이라면, 이노세가 말하는 대로 사건은 꽤나 좁은 범위 내에서 일어나고 있는 듯했다.

기억술사가 자신을 찾는 사람의 목소리를 듣는다기보다 자신을 필요로 할 것 같은 사람, 즉 지웠으면 하는 기억을 안고 있는 사람을 발견하면, 먼저 다가가 자신의 존재를 알린다는 이노세의 가설은 꽤나 신빙성이 있어 보였다.

(내 기억에, 아마 그 사이트에도 기억술사는 그를 필요로 하는 사람 앞에 나타난다는 의미의 글이 쓰여 있었던 것 같아.)

그건 그런 의미인 걸까. 기억을 지웠으면 하는 사람을 찾아내는 신기한 능력을 가진 것은 아닌 듯했다.

(뭔가 생각보다 방법이 정겹다고 할까······.)

"그녀도 나카노 사에처럼 누군가에게 기억술사에 대한 이야기를 들었을 거야. 그리고 아마 그 누군가에 대한 기억은 사라졌겠지. 수법이 동일해. 그 둘에게 기억술사에 대한 이야기를 흘린 사람은 사 년 전에도 올 3월에도 각각 피해자의 근처에 있었을 거야."

이노세는 테이블 구석에 놓았던 클리어 파일에서 A4 용지를 꺼내서 앞면이 보이게 나쓰키 앞에 놓았다.

가나다순으로 이름이 한 줄로 늘어서 있었다. 이름 옆에는 학년과 반이 기재되어 있어서 마치 학생명부처럼 보였다.

"사건과의 직접적인 관련 여부와 상관없이 사 년 전 시점에서 S 중학교에 다녔던 사람과 올 3월 시점에서 K 여고에 재학 중인 사람의 리스트를 뽑아봤어. 두 개의 리스트를 대조해서 겹치는 사람들 이름이야. 선생님이 한 명, 학생이 전 학년 통틀어 스물일곱 명이나 돼."

S 중학교와 K 여대 부속고등학교는 도보로 몇 분 정도의 거리에 있다. 이 동네에서 여학생들이 S 중학교에서 K 여대 부속고등학교로 진학하는 것은 흔히 있는 일이었다.

당연한 일이지만 리스트에 나쓰키와 메이코의 이름도 있었다.

"이 중에 아는 사람은? 너랑 가미쿠라 메이코 빼고."

"얘랑 얘는 같은 반이고, 얘는 반은 다르지만 같은 학년이에요. 다른 학년 학생은 모르겠어요. 그리고 아는 이름은…….. 응? 이거 마키 선생님? 지금 삼학년 담임이에요? 사 년 전에는 교생이셨는데. 와, 반갑다! 뵐 일이 없어서 잘 몰랐어요."

같은 중학교 출신이라도 고등학교에 와서 반이 달라진 친구들이나 그 밖에 반가운 이름들이 보였다.

이노세는 반대편 자리에서 나쓰키가 들고 있는 종이를 들여다보면서 손가락으로 리스트 위쪽을 가볍게 두드렸다.

"이 안에서 최근 한 달 동안 만난 사람 중 기억나는 사람이 있어?"

"같은 반 애들은 뭐 거의 매일 만나고…… 그 밖에는 잘 모르겠어요. 같은 학교에 있다 보면 모르는 사이에 스쳐 지나가는 일도 있겠지만요."

이 리스트에 있는 모든 사람이 이노세에게 용의자인 셈이다.

나쓰키와 메이코는 기억이 지워진 경험이 있기 때문에 용의자에서 제외해도 될 법한데, 이노세는 아직 그 가능성을 완전히 배제하지는 않은 듯했다.

전혀 이해하지 못할 바는 아니었다. 나쓰키는 정말 아무것도 기억이 나지 않지만, 그것은 나쓰키 자신만 알 수 있는 일이다. 이노세 입장에서는 나쓰키나 메이코가 거짓말을 하고 있다고 해도 확인할 길이 없다.

그래도 이렇게 여러 정보를 공개해준다는 것은 어느 정도 신뢰를 받고 있다는 증거일 것이다.

"내일이라도 그 피해 학생을 만나러 가려고 하는데."

말하는 도중에 커피가 나왔다.

이노세는 입을 다물고 점원이 떠난 것을 확인한 후에 다시 입을 열었다.

"너도 함께 가주지 않을래?"

"제가요? 그렇지만……."

"고등학교 후배라고 하면서 네가 같이 가주면 경계하지 않고 얘기를 들어줄 것 같은데."

"글쎄요……."

솔직히 말하면 그리 내키지는 않았다.

처음에 좀 매정하게 대한 것이 마음에 걸렸고 팬케이크를 얻어먹은 것도 있기 때문에 얘기를 듣거나 질문에 답하거나 하는 정도로 협조할 생각은 있었지만, 스스로 나서서 깊게 관여하는 것에는 거부감이 들었다.

자신이나 메이코가 용의자로 의심을 받고 있으니 가능하면 의심을 풀고 싶긴 했지만, 자신과 직접적인 관련이 없는 사건까지 관여하고 싶지는 않았다.

이노세는 나쓰키가 내켜하지 않는다는 것을 뻔히 알면서도 태연하게 웃는 얼굴로 설탕을 스푼으로 듬뿍 퍼서 커피 잔에 몇 번 넣고 휘휘 저었다. 잔을 손에 들고 입가에 가져가자 커피에서 피어나는 김 때문에 안경렌즈가 뿌예졌다.

"고등학교랑 같은 캠퍼스잖아, 하굣길에 잠시만 같이 들러줘. 그 여학생이 카메라 동아리에 가입되어 있다고 하니까 그 동아리방에 가보면 만날 수 있을 거야."

아직은 좀 뜨거운 듯 입에 살짝 대기만 하고 다시 잔을 내려놓았다. "앗, 뜨거워" 하는 소리가 작게 들렸다.

"모르려나? 가타야마 리나라고, 잡지에 나오는……."

"가타야마 리나요?"

자신도 모르게 큰 소리를 내며 이노세를 보았다.

"독자 모델요?"

"아, 아는구나. 맞아, 그 가타야마 리나. 모델 일이 있어서 학교에 나오지 않는 날도 있는 것 같긴 한데."

모를 리 없다. 가타야마 리나는 패션에는 둔한 편인 나쓰키조차도 친구한테 빌려서 읽은 적이 있을 만큼 유명한 패션 잡지의 독자 모델이었다. 같은 고등학교라는 이야기를 듣고 삼학년 교실에 보러 간 적도 있었다. 졸업하고 나서는 소속사에 들어갔다고 하니 정확하게는 독자 모델 출신 모델인 것이다.

가까이서 본 적은 없지만 엄청 예뻤던 걸로 기억한다.

분명 같은 교복을 입고 있는데 느낌은 전혀 달랐다.

느슨하게 땋아 내린 자연스러운 갈색 머리에 피부는 하얗고 화장은 전혀 하지 않은 것 같은데도 입술이 앵두 같았다.

리나는 메이코와는 또 다른, 여자아이의 귀여움을 실현시켜놓은 존재처럼 보였다.

(저 정도로 예쁘면 그것만으로도 인생은 장밋빛이고 아무런 고민도 없을 것 같은데.)

모두가 동경하는 그녀가 기억술사에게 대체 무엇을 요구했는지 단순히 궁금해졌다.

(그보다 실제로 만나보고 싶기도 하고.)

그런 궁금증을 제외하고라도 그녀는 이 근방에 사는 여고생들에게는 선망의 대상이었다. 직접 만나서 얘기를 나눌 수 있다는 것만으로도 매력적인 제안이었다.

"같이 가주면 좋겠는데."

이노세는 나쓰키 쪽은 보지 않은 채 커피를 스푼으로 저어 식히는 한편으로 능글맞게 웃으며 고개를 갸웃거리고 있었다.

"어때?"

이미 나쓰키의 대답을 알고 있으면서 얄밉게 물었다.

네시 십오분에 칠교시가 끝나고 교실을 나왔다.

매일 함께 하교하는 메이코는 다행히 오늘 위원회가 있어서 나쓰키보다 먼저 교실을 나갔다.

교복을 입은 채로 같은 캠퍼스에 있는 대학교로 향했다.

이노세와는 리나가 소속되어 있다는 동아리방 앞에서 다섯시에 만나기로 했다.

동아리관 주변에는 당연한 이야기지만 대학생들밖에 없었다. 겨울이라서 교복 위에 코트를 입고 있기 때문에 눈에 확 띄진 않을 거라 믿고 싶었다.

이노세가 설명한 대로 동아리관 일 층 정중앙에 카메라 동아리방이 있었다. 문에 문패가 걸려 있었다. 주변이 다양한 사진 작품들로 장식되어 있어서, 한눈에 그곳이 사진 관련 동아리방이라는 것을 알 수 있었다.

(아, 뭔가 멋져⋯⋯. 동아리방 문도 멋있어.)

마침 지나다니는 사람이 없어서 가까이에서 찬찬히 보고 있는데 갑자기 문고리가 움직였다.

아차, 할 틈도 없었다.

노크하거나 먼저 이야기를 할 생각은 전혀 없었다. 먼저 장소만 확인하고 이노세가 도착할 때까지 기다리려고 했는데 타이밍이 좋았는지 나빴는지는 모르겠지만 문이 열렸고 안에서 나온 금발의 여대생과 눈이 마주쳤다.

"응? 무슨 일이니?"

"아, 안녕하세요."

여대생은 문고리를 잡은 채로 "견학 왔니?" 하고 물으며 고개를 갸우뚱거렸다. 보브 스타일로 짧게 자른 금발 사이로 커다란 플라스틱 귀걸이가 엿보였다. 그녀의 어깨 너머로 머리를 하나로 말아 올린 또 다른 여자가 동아리방 안에 있는 것이 보였다.

나쓰키와는 분명 서너 살밖에 차이가 나지 않을 텐데 둘다 어른스러워 보여서 긴장이 되었다.

"저기…… 저 부속여고 이학년 오사키 나쓰키라고 하는데요. 가타야마 리나 선배님 계신가요?"

허리를 곧게 펴고 자기소개를 했다.

동아리방까지 쳐들어온 팬이라고 오해받으면 어쩌지 하고 내심 걱정이 되었지만, "리나? 지금 없는데" 하며 금발의 여대생은 의심을 하거나 귀찮아하지도 않고 친절하게 대답해주었다.

"아침에 왔다가 오늘은 오교시만 들으면 된다고 일하러

갔어. 오교시 시작되기 전에는 올 것 같은데."

"아, 그래요?"

오히려 다행이었다.

이노세가 도착하기 전에 혼자 리나를 만난다고 해도 무엇을 어떻게 이야기해야 할지 몰랐을 것이다.

나쓰키는 "죄송합니다, 나중에 다시 올게요" 하고 머리를 숙였다.

그대로 등을 돌리려는데 부실 안에 있던 다른 한 명이 "요즘 리나, 후배랑 자주 같이 있네" 하고 카메라를 만지작거리며 말했다. 나쓰키를 향해서가 아니라, 문득 생각이 났다는 투로 금발의 여대생을 보면서 말했다.

"저번에도 교복 입은 애랑 얘기하고 있지 않았나?"

"네……?"

기억술사 혹은 기억술사와 연결된 누군가는 두 사건의 피해자 모두와 접촉했을 것이라는 이노세의 말이 떠올랐다.

같은 캠퍼스에 있는 학교에 다니고 있기 때문에 쉽게 접촉할 수 있을 것이다. 리스트에 이름이 있었던 거의 서른 명이나 되는 '용의자' 전원에게 그 찬스는 있으며, 그렇기 때문에 더욱더 그중에서 후보를 추려내는 일은 쉽지 않다.

날짜와 시간을 정하지 않은 채로 그들의 행동을 조사하

는 것은 불가능하고 기억술사는 상대의 기억을 지울 수 있기 때문에, 의뢰인과 접촉해도 그 흔적을 남기지 않을 것이다. 리나에게 물어봐도 소용없을 것이라는 생각이 들었다.

하지만 목격자가 있다고 한다면 상황은 달라진다.

리나와 만났다는 K 여고 학생이 있다는 것은 이노세가 그토록 원하던 정보다. 리나를 직접 만나 이야기를 들어보기도 전에 생각지도 못한 유력한 단서를 얻을 수 있을 것 같았다.

"K 여고 학생요? 어떤 애였어요?"

"가냘프고 안경을 쓰고 있었어. 머리가 길고 부드러워 보이는 느낌? 예쁘게 생긴 애였어……."

가슴이 철렁했다.

(메이코다.)

기억술사에 대한 단서일지 모른다는 기대감이 한순간에 사라졌다.

(왜 메이코가?)

스스로를 진정시키려고 가슴에 손을 대고 진정해, 하고 되뇌었다.

리나와 만났다고 해서 기억술사랑 관계가 있다고 단정지을 수는 없다. 같은 캠퍼스에서 공부하는 선후배이니 우연히 얼굴을 마주치는 일도 있을 것이다. 두 사람이 아는 사이라는 사실은 처음 알았지만, 리나는 유명인이기 때문에 나쓰키라도 우연히 마주치면 악수를 요청했을지도 모른다.

(메이코는 연예인을 봐도 말을 거는 성격은 아니지만…….)

분명 이유가 있었을 것이다. 나중에 본인한테 직접 물어보면 알 수 있는 일이다.

평상심을 유지하면서 물었다.

"그 학생도 리나 선배님을 찾아왔나요?"

"걔가 찾아온 건지는 모르겠고, 함께 있는 걸 봤어. 학교 안에서 본 게 아니고 길에서 얘기하고 있었어."

"뭐 리나는 팬이 많으니까" 하며 그녀는 해맑게 웃었다. 나쓰키도 웃으면서 "그렇죠" 하고 답했다.

이노세가 이 자리에 없어서 다행이었다.

사 년 전 사건 당시 사에와 친하게 지냈던 메이코가 리나와도 접촉했다는 사실을 안다면 이노세는 틀림없이 의심할 것이다.

이노세에게는 비밀로 하기로 했다.

그래도 이노세는 어떤 식으로든 이 사실을 밝혀낼 테니, 그때 제대로 오해를 풀 수 있도록 먼저 메이코에게 물어보자고 결심했다.

"고맙습니다."

"아, 근데 돌아와도 수업이 있으니까 바로는 아마 얘기 못 할 수도 있어. 한 여섯시 반쯤 끝날 거야."

리나가 오교시에 수업을 받을 예정인 강의실을 물어본 후 다시 한 번 감사를 표하고 동아리관을 빠져나왔다. 친절한 두 여대생은 나쓰키가 찾아온 것을 리나에게 전해주겠다고 약속했다.

이노세에게 리나는 지금 학교에 없고 오교시 수업을 듣기 위해 돌아올 예정이라는 내용의 문자 메시지를 보냈다. 바로 답장이 와서 그녀가 끝날 시간에 강의실 앞에서 만나기로 했다.

여섯시 반까지는 아직 시간이 있다.

교복을 입을 채로는 대학교 캠퍼스에서 눈에 띄어 불편하기 때문에 일단 집으로 돌아가서 옷을 갈아입기로 했다. 다행히 나쓰키의 집은 학교에서 도보로 십오 분 거리에 있었다.

대학교 캠퍼스를 뒤로하고 고등학교 교정을 가로질러 밖으로 나왔다. 평소 다니는 행동반경 내로 돌아오니 마음이 놓였다.

오 분 정도 걷다가 시선 끝에서 교복에 코트를 걸친 뒷모습을 발견하고 발걸음을 멈췄다.

머리를 땋았는데도 부드러운 질감이 느껴지는 긴 머리. 어릴 때부터 쭉 봐왔기 때문에 틀림없었다.

지금 상황을 생각하면 타이밍이 좋은 것인지 나쁜 것인지 알 수 없었다. 또 어떻게 얘기를 꺼내면 좋을지도 아직 정리가 되지 않았다.

메이코는 걸어서 학교를 다니는데 지금은 무슨 이유인지 버스 정류장 앞에 서 있었다. 시간표를 보면서 가방을 멘 외국인 여성과 대화를 나누고 있는 듯 보였다.

잠시 후 버스가 도착했고, 그 외국인 여성은 웃는 얼굴로 손을 흔들면서 버스에 올라탔다.

메이코는 작게 손을 흔들며 버스를 보내고 다시 걷기 시작했다.

잰걸음으로 뛰어가서 불렀다.

"메이코!"

뒤돌아볼 때 메이코의 부드러운 머리카락이 둥실 공기를 머금고 흔들렸다.

"아, 나쓰키."

"아는 사람이야? 방금 그 사람."

"아니. 길을 헤매는 것 같아서 말을 걸었는데, 다행히 내가 아는 곳이라서 알려줬어."

메이코다운 행동이었다. 언제나 누구에게나 친절했다.

사람에 대한 친절을 주저하지 않는 메이코.

초등학교 때는 착한 척한다고 뒤에서 욕하는 아이들도 있었지만 메이코는 신경 쓰지 않았다. 대놓고 놀리는 남자 아이들은 나쓰키가 물리쳤다.

나쓰키는 메이코가 착한 척하는 것이 아니라 그저 단순히 정말로 착한 아이일 뿐이라는 사실을 알고 있었다.

그리고 무슨 말을 듣건 신경 쓰지 않고 의연하게 대처하는 메이코가 멋있다고 생각했다. 마치 기품 있는 아씨 같다고 생각했다.

그때나 지금이나 메이코는 변함이 없다.

누군가에게 도움이 되는 일이라면 거부하지 않고, 남의 험담을 하거나 거짓말을 하는 일도 없다.

"오늘 위원회 아니었어?"

"오늘은 아무 의제도 없고 선생님도 안 오셔서 이십 분만에 끝났어."

나란히 걸었다. 메이코와는 집이 가깝기 때문에 가는 길도 같다.

"너야말로 집에 간 것 아니었어?"

"여유 부리다가 늦어져서" 하고 얼버무렸다.

메이코에게 이노세나 기억술사에 대한 이야기를 해야 할지 말아야 할지 생각했다.

나쓰키도 사 년 전에 기억이 지워진, 이노세의 말을 빌리자면 '피해자'다. 알 권리가 있다. 하지만 매사에 덜렁거리는 나쓰키와 다르게 메이코는 성실하고 정의감이 강하다. 사 년 전에 사에가 당한 일을 알게 되면 충격을 받을 것이고 아무것도 할 수 없었던 것에 대해 죄책감을 느껴 상처를 받을 것이다. 이제 와서 할 수 있는 일은 아무것도 없는데, 지나간 일을 알려봤자 괜히 괴롭게만 할 뿐이라는 생각이 들었다.

우리의 기억이 기억술사에 의해 지워졌을지 모른다는 사실도 메이코는 모른다. 나쓰키도 이노세가 얘기해주기 전까지는 아무것도 모른 채로 지냈다. 모르고 지냈지만 아무런 문제도 없었다.

나쓰키는 최근 한 달 전에도 기억이 지워졌다는 사실을 알고 남의 일만은 아니라는 생각이 들기 시작했지만, 메이코는 아니었다. 앞으로 더 이상 연루될 일이 없다면, 예전에 자신의 기억이 지워졌다는 사실은 모르는 채로 지내는 편이 좋을 것 같았다.

알리고 나면 이 일에 끌어들일 것만 같아서 쉽게 입이 떨어지지 않았다.

어디까지 진심인지는 알 수 없지만, 이노세가 메이코를 (물론 나쓰키도 포함해서) 기억술사 또는 그 관계자라고 의심하는 것도 신경이 쓰였다. 의심을 받고 있다는 사실만으로도 기분이 좋지는 않을 것이다. 일부러 메이코에게 말할 필요는 없다. 나쓰키가 이노세에게 잘 설명해서 오해만 풀면 해결될 문제다.

(리나랑 같이 있었다는 여자아이도 어쩌면 다른 애일지도 모르고.)

작게 심호흡을 했다.

개인이 경영하는 작은 서점 앞에 이번 달에 발매된 패션 잡지가 진열되어 있었다.

리나도 자주 등장하는 잡지였다. 그 잡지를 보고 마치 생각이 났다는 듯이 "아, 그러고 보니까" 하며 말을 꺼냈다.

"최근에 네가 독자 모델 리나랑 같이 있는 걸 봤다는 사람이 있던데?"

별일 아니라는 투로 물어봤다.

"알고 지내는 사이야?"

메이코는 아니, 하며 조금의 의심도 없이 고개를 저었다.

"내가 얘기 안 했나? 우리 일학년 때 그 선배가 먼저 말을 건 적이 있거든. 그 집단 기억상실 사건에 대해서 좀 알려달라고 해서 잠깐 얘기를 나눈 적이 있어. 요전에 우연히 길에서 만났을 때 인사했는데 그걸 누가 본 거겠지."

그 말은 곧 리나가 먼저 메이코에게 접촉을 했다는 것이다.

숨기는 일 따위 아무것도 없다는 듯 주저하지 않고 대답을 해줘서 겨우 안심이 되었다.

혼자 끙끙 고민하지 않고 바로 물어보길 잘했다.

"사 년 전 사건이라니?"

"기억 안 나? 중학교 때 학교 앞에 빵집 있었잖아. 그 점원이 기억상실증에 걸려서…… 너랑 나도 뭔가 기억이 일부 사라졌다고 사람들이 그랬잖아."

그러고 보니 그런 일도 있었네, 하며 맞장구를 쳤다.

리나는 기억술사에 대해서 수소문하다가 아마 사 년 전에 있었던 사건을 알게 됐을 것이다. 당시 리나도 중학생이었기 때문에 사건에 대해 들어본 적이 있을 수도 있다.

그래서 당시의 관계자인 메이코에게 접촉을 했다. 좁은

지역에서 생긴 일이기 때문에 기억을 잃은 것이 어디의 누구라는 정보는 마음만 먹으면 알아낼 수 있었을 것이다.

"가스나 물 때문에 뇌에 문제가 생긴 것 아니냐고 엄마가 걱정했잖아. 그 얘기 좀 들려달라고 하더라고. 그 선배가 사람의 기억에 관심이 있대. 대학에 가면 심리학 공부를 하고 싶다고 하더라고."

리나 선배는 그런 식으로 핑계를 댄 모양이었다. 메이코에게 기억술사 이야기는 숨긴 채 물어본 것이다.

"어떤 질문이었는데?"

"왜 기억이 지워진 것 같으냐고 하더라고. 그걸 잘 몰라서 검사까지 해봤는데 원인은 알 수 없었다고 대답했지. 그리고 그때 무슨 고민 있었느냐, 뭐 그런 질문이었던 것 같아. 스트레스가 원인이었던 게 아니냐는 의미겠지."

리나는 메이코가 고민을 없애기 위해서 기억술사에게 의뢰한 것이라고 의심했다. 그래서 한번 넌지시 물어본 것이다. 하지만 메이코가 아무것도 기억하지 못하는 듯 보였기 때문에 정보를 얻지 못하겠다고 포기한 것 같다.

기억술사에 대한 얘기를 꺼내지 않은 것은 현명한 판단이었다고 할 수 있다. 결과적으로 메이코는 그 질문이 수상하다고 생각하지 않는 듯했다.

"아마 그 당시에 학교 끝난 후 몇 시간 동안 있었던 일이 기억나지 않았던가 그랬을 거야. 그래서 엄마들이 걱정했고…… 근데 결국 원인도 모르고, 딱 그때 한 번뿐이었고, 까먹은 일조차 까먹었을 정도니까, 그 선배가 하는 조사에는 별 도움이 안 된 것 같았어."

메이코는 이야기를 하면서 살짝 시선을 떨어뜨리고는 속삭이듯 말했다.

"아무것도 기억이 안 난다고 하니까 그 선배가 '좋겠다' 하던데."

리나의 기억이 지워지기 전 이야기다.

메이코는 원해서 기억을 지운 건 아니기 때문에 리나와는 입장이 다르지만, 기억술사를 만났다는 것 자체가 부러워서 무의식적으로 입 밖으로 나온 말일 것이다.

"그렇게 인기도 많고 얼굴이 예뻐도 고민이 있구나, 뭐 당연한 일이지만."

"그러게……."

어떤 사정이 있는지는 몰라도 리나의 그 말에서 잊고 싶은 고민이 있다고 느낀 것 같았다. 단 한 번 대화를 나눈 것뿐인데도 리나를 걱정하는 듯이 눈을 내리깔고 있는 메이코를 걸으면서 힐끗 쳐다보았다.

"저기 메이코……."

나쁜 짓을 한 사람한테 아무도 모르게 벌을 줄 수 있다고 한다면 어떨 것 같아?

사람의 기억을 지우는 능력이 있다면 지워달라고 부탁하는 사람의 기억을 지워주는 게 좋은 일일까?

이렇게 묻고 싶었지만 결국 아무 말도 하지 못했다.

이 상황에서 그런 질문을 한다는 것 자체가 메이코를 의심하는 것 같아서 어떤 질문도 할 수 없었다.

"또 무슨 얘기 했어?"

마음속 질문은 숨긴 채 물었다.

메이코는 걸으면서 글쎄, 하며 고개를 위로 젖혔다.

"정말 잠깐 얘기를 나눈 것뿐이라서. 내가 그 당시의 일을 거의 기억하지 못한다고 하니까 뭐 별다른 질문은 더 안 하더라고. 아, 그런데 뭔가 이상한 질문을 하더라. 그게 아마……."

검지로 자신의 입술을 톡톡 치며 말했다.

"기억술사를 아느냐고 묻더라고."

그녀의 입에서 나온 단어에 심장이 쿵쿵 소리를 내며 뛰기 시작했다.

분명 표정에도 드러났을 것이다.

메이코가 이쪽을 보지 않아서 다행이었다.

"기억을 테마로 한 만화냐고, 들어본 적 없다고 하니까 그냥 그러냐고 하고 말더라고. 근데 넌 알아?"

"아니……."

순간 모른다고 고개를 저었다.

그 직후에 바로 후회를 했다. 숨길 필요는 없었는데.

쓸데없는 걱정을 끼치고 싶지 않았기 때문에 적극적으로 알릴 필요성을 느끼지 못했다. 그래도 아는 신문기자한테 부탁을 받아서 조사를 도와주고 있는데, 그게 바로 기억술사라는 도시전설에 관한 것이라고 솔직하게 말하면 되는데. 스스로도 이유를 모른 채 메이코에게 거짓말을 했다.

*

대학 캠퍼스 대강의실 앞에서 이노세와 나란히 서서 리나를 기다렸다.

수업이 끝나고 학생들이 자리에서 일어나는 모습이 열린 문 사이로 보였다.

이노세는 목을 쑥 빼고 안을 들여다보면서 그 안에서 리나의 모습을 찾고 있는 듯했지만, 이내 나쓰키 옆으로 돌아왔다. 벽에 기대서 있던 나쓰키에게 기운이 없어 보인다며 말을 걸었다.

"메이코 집에 숙제하러 간다고 하고 나와서 죄책감이 들어서 그래요."

"아, 그래서 그 가방도 들고 온 거구나?"

교과서와 노트 그리고 필기도구를 넣은 토트백과 나쓰키의 뚱한 얼굴을 번갈아 보고는 안경 너머로 눈을 가늘게 뜨며 웃었다.

"너 참 착하구나."

메이코에 이어 엄마한테까지 거짓말을 했는데 착하다니.

자신을 전혀 의심하지 않는 상대를 속이는 것은 이유를 떠나 좋지 않은 기분을 들게 한다. 익숙하지 않기 때문일 수도 있지만 죄책감은 좀처럼 사라지지 않았다.

(익숙해지고 싶은 생각도 없지만.)

인기 있는 독자 모델을 만나보고 싶다는 이유만으로 여기까지 따라왔지만 벌써 조금 후회가 되었다. 무엇보다 리나가 얘기를 들어준다는 보장이 없다. 오히려 무시당할 가능성이 높다.

나쓰키나 메이코가 그렇듯이 리나도 기억이 사라졌다는 것 자체를 이미 잊었을 것이다. 나쓰키의 경우에는 이노세가 예전에 나눈 대화를 녹음해둔 게 있었기 때문에 증명할 수 있었지만, 리나는 그렇지도 않다. '당신의 기억이 사라졌어요'라고 말한들 리나가 그것을 믿어줄 것 같지 않았다. '기억술사? 그게 뭐예요?' 하고 끝나버릴 것이다.

만약에 믿어준다고 해도 기억이 없으니 쓸 만한 정보를 얻을 가능성은 낮다.

이노세의 이야기로는 기억술사는 십 년 전쯤부터 존재했다고 하는데 지금까지 아무도 그 정체를 밝혀내지 못했고, 실재하는지조차도 알려지지 않은 것은 그런 이유 때문일 것이다.

(기억술사는 자신에게 불리한 기억은 전부 지워버릴 수 있기 때문에 흔적을 남기지 않는 게 아닐까?)

기억이 없는 상대에게서 기억술사에 대한 단서를 얻으려고 하는 것 자체가 불가능한 이야기 같았다.

두 군데로 나뉘어 있는 출입구에서 학생들이 차례차례 나오기 시작했다. 전체의 삼 분의 이 정도가 강의실을 빠져나갔을 무렵 이노세가 움직였다. 학생들 속에서 리나가 보이자 나쓰키도 벽에 기대고 있던 몸을 떼었다. 특별히 화려한 옷을 입은 게 아닌데도 눈에 띄어서 바로 알 수 있었다.

와인 컬러 스커트와 같은 색상의 베레모에 오버 사이즈 니트. 마치 패션 잡지에서 튀어나온 듯했다. 자신한테는 잘 어울리지 않을 것을 알기 때문에 따라 할 생각은 없지만, 나쓰키도 멋을 내는 일이나 옷을 잘 입는 또래 여자애들에게 관심은 있다. 자신도 모르게 넋을 잃고 보았다. 같은 반에도 예쁜 애들은 있고 메이코도 미소녀라면 미소녀지만 리나는 프로급이었다. 본래 갖고 태어난 미모를 헤어나 메이크업 그리고 패션이 한 단계 더 돋보이게 만들었다.

리나도 이쪽을 본 것일까. 강의실 문을 나와 몇 발자국 떨어진 곳에서 발걸음을 멈췄다.

"처음 뵙겠습니다. 신문기자 이노세라고 합니다."

이노세가 명함을 내밀며 자기소개를 했다. 온화하고 친근하지만 어딘지 모르게 파악이 안 되는, 나쓰키가 항상 봐온 그가 아니었다. 제대로 된 성실한 기자의 얼굴을 하고 있었다.

"가타야마 리나입니다."

리나는 명함을 받아 들고 고개를 갸우뚱거렸다.

"친구한테는 여고생이 찾아왔다고 들었는데요."

"아, 저예요."

한 발짝 앞으로 나오면서 손을 들었다.

리나는 모델치고는 작은 체구에 나쓰키보다 키가 작았다. 깜박거리면서 올려다보는 큰 눈과 마주치자 긴장이 되었다.

나쓰키가 너무 뚫어지게 쳐다봐서였을까, 리나는 어딘지 모르게 어수룩한 몸짓으로 반대쪽으로 고개를 돌리며 물었다.

"근데, 우리 어디서 만났나?"

"아, 아니요……. 고등학교 때 교실로 선배님을 뵈러 간 적은 있어요……."

볼을 긁적이면서 나쓰키가 대답하자, 리나는 "그렇구나" 하며 웃었다. 웃는 얼굴도 예뻤다.

(뭔가 좋은 향기도 나는 것 같고…….)

나쓰키도 덩달아 웃었다.

화기애애한 분위기 속에서 이노세의 표정은 굳어 있었다. 동성인 나쓰키조차 이렇게 두근거릴 정도로 예쁜 그녀를 보면서도 그는 감상이 아닌 관찰에 몰두하고 있었다.

그제야 이노세의 목적이 나쓰키와 다르다는 것을 알아차렸다. 그는 관심이 있어서 여기까지 온 것이 아니었다. 이노세에게 리나는 인기 모델이 아닌 기억술사를 찾아내기 위한 단서에 불과했다.

리나는 이노세에게 시선을 돌려 "그래서 무슨 일로" 하고 운을 떼었다.

"기자님은 무슨 용건이세요?"

"실례했습니다. 저는 지금 원인을 알 수 없는 기억상실에 관한 정보를 모으고 있습니다. 협조 좀 부탁드릴 수 있을까요?"

주변을 슬쩍 살피고 이노세가 말했다.

"인터넷으로 가타야마 씨가 출연하신 프로그램을 봤습니다. 그래서 친구한테 건망증이 심하다는 지적을 받으신다고…… 기억이 일부 사라졌다는 얘기를 하신 걸로 기억하는데요."

그날의 마지막 수업이었기 때문일까, 학생들은 그 자리에 머무르지 않고 순식간에 빠져나갔다. 강의실에도 사람이 거의 없었고 질문을 하는 학생과 교수님만이 남아 있었다.

"그 일에 대해서 얘기를 좀 해주실 수 없을까요? 사라진 기억이 어떤 것이었는지 기억이 나는 범위 안에서 알려주시면 좋겠는데. 사실은 여기에 있는 학생도……."

한 번 나쓰키에게 시선을 던진 후 다시 리나를 보며 말했다.

"예전에 기억을 잃은 적이 있어요. 사 년 전에."

사 년 전이라는 말에 리나가 반응을 보였다. 커다란 눈이 순간 나쓰키 쪽을 향했다.

나쓰키는 메이코한테 들어서 이미 알고 있었지만, 이노세도 리나의 반응으로 그녀가 그 사건에 대해 이미 알고 있다는 사실을 알아차린 듯했다.

주변에 사람이 없어지자 다른 눈을 신경 쓸 필요가 없다고 판단한 걸까, 이노세는 갑자기 핵심을 찔렀다.

"기억술사라는 도시전설을 아십니까?"

리나는 나쓰키를 향해 있던 시선을 천천히 이노세에게 돌리며 똑똑히 대답했다.

"네."

"기억술사 얘기를 처음에 누구한테 들었는지는 기억이 안 나요. 근데 인터넷으로 검색하거나 직접 이것저것 알아봐서 알고는 있어요."

그렇다면 그녀는 본인의 기억이 사라진 것을 수상하게 여겨서, 그 사실과 기억술사를 연결 지어 생각해온 것이다.

'기억술사? 그게 뭐예요?'라며 의문스러운 표정을 짓거나, '알긴 아는데 그거 그냥 도시전설 아니에요?'라며 의심스러운 눈으로 볼 거라고 생각했기 때문에 의외였다.

"기억술사에 대해서 알아보게 된 계기가 있나요? 누가 기억술사 때문에 기억이 지워졌을지도 모른다는 얘기를 들었다거나⋯⋯."

"기억이 사라졌다는 사실을 알고 이상하다는 생각이 들었을 때 컴퓨터 이력이나 수첩에 기억술사에 대한 정보가 남아 있었어요. 그래서 뭐지 싶어서."

리나는 그렇게 말하고는 나쓰키 쪽으로 얼굴을 돌려 친근하게 말을 걸었다.

"너도 기억술사를 만난 거야?"

"네? 아, 아마도요. 근데 기억이 없어요. 이노세 기자님한테 들을 때까지 기억술사에 대한 존재도 몰랐어요."

내심 놀랐다. 리나는 기억술사가 존재한다는 전제하에 이야기를 하고 있었다. '어쩌면 존재할지도 모른다'가 아닌 확실하게 존재하는 것으로 인식하고 있었다.

기억상실을 자각하고 있다면 기억술사라는 도시전설에 대한 이야기를 듣고 '어쩌면' 하는 정도로는 생각할 수도 있다. 하지만 그녀는 반신반의하는 정도가 아니라 확신하고 있는 듯했다.

'너도'라는 표현은 썼다는 것은, 그녀는 자신의 기억을 지운 것이 기억술사라고 생각하고 있다는 것이다.

(게다가 뭔가 담담하다고 할까, 전혀 동요하는 기색이 보이지 않았어. 기억술사를 무서워한다는 느낌도 없고.)

괴인에 의해 기억이 지워졌다는 결론을 누군가의 설득 없이 그렇게 쉽게 받아들일 수 있는 걸까?

"혹시 잠시 얘기 좀 나눌 수 있을까요? 시간은 많이 빼앗지 않겠습니다."

"그건 상관없는데요, 어떻게 기억을 지웠는지 그런 건 전혀 몰라요. 게다가 지워진 기억도 추측만 할 뿐이지 정확하게는 말씀을 못 드려요. 이미 까먹어서."

"물론 괜찮습니다."

교수님께 질문하던 여학생이 강의실에서 나오다가 리나를 보자 앗, 하는 얼굴을 했다. 아는 사람일 수도 있겠지만, 그렇지 않더라도 그녀는 이미 얼굴이 알려진 사람이다.

리나는 교수님께 인사를 하고 여학생에게 웃는 얼굴로 손을 흔들었다. 덕분에 나쓰키와 이노세는 의심스러운 눈초리를 피할 수 있었다.

계속 이렇게 서서 얘기할 수도 없는 상황이었기 때문에 같이 자리를 이동하기로 했다.

"얘기가 금방 통해서 다행이에요. 당신은 올 5월경에도 기억술사에게 게시판으로 메시지를 보냈죠? 그건 당신의 기억이 지워진 다음이에요. 기억이 사라진 게 기억술사의 소행이라고 눈치채고 기억술사를 찾고 있었던 거죠?"

나란히 걸으면서 이노세가 물었다.

나쓰키는 처음 듣는 이야기였다. 리나는 기억이 지워져 기억술사를 만난 사실조차 기억하지 못할 것이라고 생각했다. 그럼 리나는 이노세에게 동지와 같은 존재라는 말인가?

"네……. 근데 이제는 찾지 않아요."

캠퍼스 밖으로 이어지는 유리문을 열며 리나는 별일 아니라는 듯 말했다.

"왜냐하면 전 그 후에 기억술사를 만났거든요."

두 번째 에피소드

트윈 스타

'사이언'이라는 이인조 아티스트가 있다는 것은 알고 있
었다.

　'아오'와 '료쿠'라는 이름의 쌍둥이 콤비로, 둘을 합쳐서
'사이언'(일본어로 '아오'는 청색, '료쿠'는 녹색이며, '사이언'
은 삼원색의 하나로 청색과 녹색의 중간색이다 – 옮긴이)이라
고 불렸다. 주목받는 신인 아티스트로서 최근에 자주 잡
지나 텔레비전에서도 소개되었다. 직업은 심플하게 '크리
에이터'. 오리지널 상품을 제작하거나 비주얼 북을 출판
하기도 하고 시디 재킷을 디자인하기도 한다. 최근에는
그림책도 출간했는지 컬러 페이지에 그 표지 일러스트가
실려 있었다.

이 두 사람이 그린 그림이 마음에 들었다. 그림의 터치에서 부드럽고 다정함이 느껴졌다. 메인 선이 군데군데 굵어지기도 하고 가늘어지기도 하는 점도 좋았고, 흐릿한데도 전체적으로 희미해 보이지 않는 독특한 색감도 좋았다.

리나는 방금 구입한 잡지의 페이지를 넘기면서 타피오카가 든 아이스 밀크티를 한 모금 마셨다.

굵은 빨대에 립글로즈가 묻어서 끈적였다. 손끝으로 닦고 그 손가락을 또 냅킨으로 닦았다.

"리나! 기다렸지, 미안."

덜컹하며 눈앞의 의자가 뒤로 당겨지더니 드디어 기다리던 사람이 나타났다. 리나는 얼굴을 들어 잡지를 무릎에 올려놓았다. 왜 늦었느냐며 입술을 삐죽거렸다.

"미안. 뭐 읽고 있는 거야? 아 이번 호? '사이언'이네. 리나는 얘네들 참 좋아해."

"무슨 딴소리야. 야에 너 오늘 촬영 없는 날이잖아. 일 없는 날이라고 늦잠 잤지?"

야에와 리나는 같은 소속사에서 활동하는 잡지 모델이다. 원래 두 사람 모두 독자 모델 출신이었는데 고등학교를 졸업하면서 소속사에 들어가게 되었다.

야에는 짧은 머리에 손을 가져가면서 웃고 나서, 그 손을 여드름 하나 없는 볼에 미끄러지듯 가져가더니 "수면 부족은 피부의 적이니까요"라며 턱을 당기는 포즈를 취했다.

정말 못 말린다니까, 하며 리나는 아에를 용서하기로 했다. 컵 바닥에 가라앉은 타피오카를 굵은 빨대로 저었다. 오늘은 함께 쇼핑을 하러 가기로 했다. 잡지를 덮으려고 하자 아에가 보여달라면서 손을 뻗었다.

다가온 종업원에게 프루트 티를 주문하고 리나가 보고 있던 페이지를 그대로 테이블에 펼쳐놓았다.

"리나가 좋아하는 게 어느 쪽이었지? 나는 굳이 고르라면 얘가 더 괜찮은 것 같아. 얼굴은 똑같은데 말하는 거나 그런 걸 보면."

"좋아한다니…… 난 그저 얘네 작품이 좋다는 거지. '사이언'은 두 사람이 함께 작품을 만들잖아. 어느 쪽이 좋고 그런 게 아니라."

"또 그러신다. 이제 와서 무슨 소리야."

아에가 웃으면서 한 말을 이해하지 못했다. 되묻기 전에 아에는 테이블에 팔꿈치를 괴고 놀리는 듯 속삭였다.

"그래서 어떻게 됐어? 그 후로 진전은 좀 됐어?"

"뭐가……?"

"'사이언' 한쪽의 남자친구! 사귀기로 한 거야? 노리고 있었잖아."

침묵이 내려앉았다.

종업원이 프루트 티를 가져와서 계산서에 뭔가를 기입하고 갔다.

리나는 답답해하는 야에의 표정을 보면서 조심스럽게 입을 열었다.

"누가……?"

야에가 황당하다는 듯이 입을 다물지 못했다.

"리나야, 왜 그래……. '사이언' 말이야. 너 친하게 지냈잖아."

'머리라도 다친 것 아니야' 하는 표정으로 미간을 찌푸렸다.

이번에는 리나가 아연해할 차례였다.

처음 듣는 이야기였다.

*

야에의 말에 따르면 리나는 일 년 전쯤부터 '사이언'에 빠져 있었다고 했다. 그들의 작품을 수집하거나 그들의 기사가 실린 잡지를 스크랩하는 것은 물론, 심지어는 극성팬이나 할 법한 행동도 서슴지 않았다고 했다.

리나는 전혀 기억이 나지 않았다.

집 책장을 뒤져보니 기사를 모아둔 스크랩북이나 비주얼 북 같은 것들이 발견되었다. 서랍에는 포스트카드 세트나 편지지 등 오리지널 상품도 꽤 많이 들어 있었다. 도대체 얼마나 많은 돈을 쏟아부은 걸까.

하지만 물건들을 하나하나 찬찬히 들여다보던 리나는 또 한 번 '사이언'의 팬이 되고 말았다. 커피숍에서 잡지를 봤을 때는 괜찮네 하는 정도였을 뿐인데, 이렇게 작품들을 다시 한 번 살펴보니 그야말로 자신이 좋아하는 스타일의 결정체였다. 빠져 있었다는 얘기에도 이해가 되었다. 하지만 왜 그 사실을 본인은 기억하지 못하는 것인가.

이만큼 증거자료가 집에서 나왔으니 아예가 장난을 치고 있는 것은 아닐 것이다. 혹시나 하고 다른 친한 친구들한테 전화를 걸어 모르는 척하고 물어보니, 모두 리나가 '사이언'에 빠져 있었다는 사실을 알고 있었다.

모르고 있는 것은 리나뿐이었다.

이중인격이나 그런 걸까? 아니면 어떤 이유로 기억이 일부만 빠져나간 걸까? 병원에 가봐야 하는 건 아닐까?

불안해져서 초등학교 때 친구나 고향에 계신 할머니께

전화를 걸어 끝도 없이 옛날이야기를 했다. 엄마와도 어릴 때 이야기를 나눴다. 특별히 기억이 사라졌다고 의심할 만한 일은 없었다.

야에나 일 관계자와도 대화를 해서 확인해봤다. 스케줄도, 최근에 본 영화도, 백화점 세일에 함께 가기로 한 것도 전부 다 기억하고 있었다. 길에서 모교 교복을 입은 어떤 여학생한테 인사를 받았는데, 그 여학생의 얼굴이 기억나지 않는 정도의 일은 있었다. 하지만 그것 외에 명백하게 이상하다고 여겨지는 '건망증'은 없었다.

구멍이 뻥 뚫린 것처럼 빠져 있는 것은 '사이언'에 대한 기억뿐이었다. 그것도 '사이언'이나 그들의 작품에 관한 일반적인 정보가 아니라 '열병처럼 '사이언'을 좋아했던 나 자신'과, 그들과의 개인적인 친분에 대한 기억만 사라진 것이다.

야에의 말대로 머리라도 다친 걸까.

이렇게 흔적도 없이 한 분야에 관한 기억만 사라진다는 것이 있을 수 있는 일인지 알 수 없었다.

"너 '사이언'과 관련해서 뭐 굉장히 힘든 경험을 했다거나 그런 일 없었어? 그 충격으로 정신을 보호하려고 몸에 있는 방어 시스템이 작동해서 기억을 덮어버렸다든가, 그런 일도 가끔 있대. 저번에 텔레비전에서 봤어."

야에는 걱정스러운 듯 말했지만, 애초에 전부 잊어버렸기 때문에 그것조차 알 수 없었다.

친구들의 정보에 따르면 리나는 '사이언' 두 사람이 자주 간다는 클럽을 알아내서 그곳을 하루가 멀다 하고 다녔고, 그 결과 그들과 친해질 수 있었다는 것이다. 집념의 승리인 건지 아니면 그냥 대화를 하다 보니 서로 마음이 맞은 건지는 알 수 없었다. 계기가 어찌 되었든 만나고 나서 바로 친해졌고 함께 놀러 가거나 그들의 집에 가기도 했다고 한다. 같은 소속사 여자애들에게는 '사이언'의 사인을 받아주겠다고 약속까지 했다고 하니 그들과 친하게 지냈던 것은 사실인 듯했다.

하지만 전혀 기억이 나지 않았다.

붉은색 표지로 된 일기장을 열어보았다. 중학교 때부터 특별한 일이 있을 때만 가끔씩 써온 일기장이다. 동경하던 크리에이터와 친해졌다면 분명 일기에도 남겼을 것이라고 생각했다. 하지만 그런 내용은 쓰여 있지 않았다. 대신에 몇 장이 한꺼번에 찢겨 나간 듯한 페이지가 있어서 신경이 쓰였다.

제일 최근에 썼을 것으로 추측되는 페이지도 자로 대고

자른 듯이 깨끗하게 잘려 나가 있었다.

일기를 찢어서까지 잊고 싶은 기억이 있었던 것일까. 그렇다면 떠올리지 않는 편이 좋지 않을까 하는 생각이 들었다. 그보다 잊고 싶은 기억이 있다고 해서 잊는다는 게 가능한 것일까? 일상생활에 지장은 없기 때문에 병원에 갈 정도는 아니라고 생각하고 싶었다.

홀홀 일기장을 넘겼다. 온갖 색상의 볼펜으로 쓰인 글씨와 낙서 같은 그림으로 빽빽한 페이지가 계속 이어졌다. 그러다 갑자기 공백이 나타났다. 종이가 찢겨 나간 울퉁불퉁한 자리가 손으로 느껴졌다. 아무것도 쓰여 있지 않은 페이지에 그어진 줄을 손가락 끝으로 훑어가듯이 만졌다.

"……응?"

손끝에 희미하게 울퉁불퉁한 감촉이 느껴졌다. 앗, 하고 뭔가가 떠올랐다.

리나는 책받침을 쓰지 않는다.

서둘러서 샤프를 꺼내 공백을 메우듯이 칠했다. TV 서스펜스 드라마에서 본 장면이 떠올라서 흥분이 되었다.

드라마에서 본 것처럼 선명하게는 아니지만 몇 개 글자는 읽을 수 있었다.

'약속', '소문대로', '해준다', '지워주', '기억술사' 등등,

'기억술사'라는 네 글자는 읽을 수 있는 것만 두 번 등장했다.

들어본 적 없는 단어였다. 기억술사?

(기억술사? 기억을 다루는 사람인가?)

그게 뭐지?

알아보면 알아볼수록 생각하면 할수록 그 의미가 미궁 속으로 빠져드는 것 같았다.

리나는 원래 추리 같은 것을 잘하는 편이 아니다. 생각에 앞서 바로 행동으로 옮기는 스타일이다. 그렇기 때문에 '사이언'을 만나기 위해 클럽에 다녔다는 것도 나다운 행동이라고 이해가 될 정도였다.

하지만 알아내야 하는 숙제가 생겨버렸다.

왜 자신은 '사이언'과의 기억을 잊어버린 걸까. 그것을 확인하기 위해 먼저 찢어진 페이지의 의미와 그들과 자신 사이에 어떤 일이 있었는지를 알아내야 한다. 기억술사라는 단어도 궁금했지만 그건 그다음 일이다.

조사를 해서 아무것도 알아내지 못했을 때는 일단 '사이언'을 만나보자. 뭔가 알아냈다면 그때는 알아낸 사실들을 감안하고 '사이언'을 만나보면 될 것이다. 변명 같은 생각들을 떠올리며 그런 자신이 우스워졌다.

결국 자신은 그 작품들을 만들어낸 두 사람을 만나보고 싶은 것뿐일지도 모른다. 기억이 사라졌어도 기호는 바뀌지 않는다는 의미이다.

리나는 거의 확실하게 '사이언'과 만난 적이 있다. 기억은 없지만 그 사실은 이해했다. 처음에는 작품에 끌렸고, 그다음에는 그들 자체에 끌렸고, 만나고 싶어졌고, 찾아내서 만났다.

그 후에 어떤 일이 있었는지는 알 수 없다. 잊고 싶은 일이 있었을 수도 있다. 하지만 그것에 대해서는 기억이 나지 않는다. 그리고 질리지도 않았는지, 지금 리나는 그들을 만나고 싶다는 생각을 한다.

(학습 능력이 없는 걸까.)

누군가가 비난하는 것도 아닌데 자신도 모르게 변명을 하고 있었다.

(그렇지만, 너무 멋있잖아!)

한쪽 구석에 '사이언'이라는 로고가 들어간 포스트카드를 큐브형 핀으로 클립보드에 꽂았다.

반짝반짝 빛나는 은녹색 파도. 그것은 메탈릭한 컬러임에도 차갑지 않은 신비로운 질감의 바다였다.

*

컴퓨터 검색기록이나 북마크를 체크하면서 밤새 조사한 결과, 자신이 연애 상담 사이트를 이용한 사실을 알 수 있었다. 그런 사이트가 있었다는 것은 알고 있었지만, 자신이 그곳에 글을 남긴 기억은 없었다.

'RINA'라는 어떠한 속임수도 없는 닉네임으로 쓴 글은 두 개였다. 작은 사이트라 몇 개월 전 기록이 남아 있는 것은 행운 중에 행운이었다.

'예술가인 그는 너무나 멋진 작품을 만드는 사람이에요! 처음에는 작품이 좋았는데 그 사람까지 좋아졌어요. 친해지긴 했는데 좀처럼 연애 상대로 봐주지 않아서…….'

'하지만 좋아하는 사람이 있다는 것만으로도 하루하루가 너무 즐겁고 행복한 것 같아요.'

핑크색 글씨로 쓰인 첫 번째 글은 그런 식으로 마무리되어 있었다. 이모티콘도 많이 보이고 한눈에 자신이 쓴 글이라는 것을 알 수 있었다. 하지만 역시 기억은 나지 않았다.

자신은 의심의 여지도 없이 짝사랑을 하고 있었고, 아마도 '사이언' 중 어느 한 명이 그 대상인 듯했다. 적어도 그 사실은 확인할 수 있었다.

한참 시간이 흐른 후에 쓴 두 번째 글이 있었다.

'RINA예요. 전보다 사이는 좋아졌는데 전보다 훨씬 더 괴로워요. 어떻게 하면 좋을까요……'

첫 번째 글과는 정반대로 꽤 기분이 처진 듯 보였다.

'하지만 이미 좋아졌기 때문에 포기하기도 힘들 것 같아요. 어쩌죠?'

'그냥 아티스트로 좋아했더라면 즐겁기만 했을 텐데.'

'없었던 일로 하고 싶어요. 이미 불가능하다는 건 알지만 좋아지기 전으로 되돌리고 싶어요.'

'그 부분만 되돌려서 지울 수 있다면 좋을 텐데.'

애매하게 써놓아서 자세한 내용은 알 수 없었다. 무슨 일이 있었는지 쓰여 있지는 않았지만, 이 글을 쓴 시점에서 리나는 아직 상대를 좋아하는 것 같았다. 그 사실만 확인했다. 그렇다는 것은 짝사랑한 상대가 리나에게 가혹한 짓을 한 것은 아닐지도 모른다. 그 외에 뭔가 만난 것조차 잊고 싶다는 생각이 드는 무언가가 있었던 것이다.

상상이 되지 않았다. 리나는 자신이 그 정도로 섬세한 성격을 가졌다고는 생각되지 않았다.

하지만 실제로 리나는 이런 모든 일을 잊어버렸다.

문득 생각이 나서 컴퓨터 주소록을 뒤져보니 '사이언'

으로 보이는 주소와 전화번호가 발견되었다. 이름은 '사이언'이 아닌 '모리시타 료쿠·아오'로 되어 있었다.

이미 찾아본 휴대전화 주소록에는 그들의 이름이 없었다. 집으로 놀러 갈 정도로 친했다면 당연히 등록되어 있을 법한데, 잘못 조작하다가 지워버린 것일까?

일단 이것으로 '사이언'과 연락을 취할 수단은 생겼다.

'잊고 싶어서 잊었다면 그대로 잊은 채로 지내면 될 것을 왜 굳이'라고 머릿속 어딘가에서 차분하고 진중한 또 다른 내가 지적했다. 하지만 그 또 다른 나는 리나 안에서는 아주 미약한 발언권밖에 가지지 못한 듯했다.

(그렇지만 뭔가 찜찜한 게 기분 나쁘잖아!)

리나는 휴대전화를 들어 컴퓨터에 표시된 전화번호를 눌렀다.

통화 대기 신호가 세 번 울렸다. 휴대전화를 쥔 손이 긴장으로 떨렸다.

"여보세요?"

남자 목소리가 들렸다. 심장이 털컹 소리를 냈다.

"아, 저기……. 나 리나인데."

"리나구나. 어쩐 일이야? 웬일로 집으로 걸었어?"

친근한 말투였다. 동요하지 말자, 나는 그들과 친한 사이니까. 스스로를 진정시켰다. 자연스럽게 대답해야 해.

"응. 실은 휴대전화를 잃어버려서. 저장해놓은 것도 전부 사라졌어."

준비해둔 변명을 했다. 전화 건너편에서 상대방은 "그렇구나" 하며 웃었다.

"그래서 최근에 연락이 없었구나."

"어, 근데 미안……. 아오 오빠야? 료쿠 오빠야?"

그는 또 웃으며 "료쿠야" 하고 대답했다.

이 사람이 모리시타 료쿠다. 최근에 잡지에서 본 내용을 머릿속에서 끄집어내서 목소리와 얼굴을 일치시켰다. 실제로 만났을 때 틀리지 않도록 해야 한다. 얼굴은 같지만 다른 한쪽보다 머리가 짧고 색이 진하다. '사이언'에서는 주로 일러스트레이션을 담당하고 있다. 말하는 투로 봐서는 부담 없고 상냥할 것 같은 느낌이다.

'좋았어'라고 속으로 외치고 숨을 크게 들이쉬었다.

"저기, 지금 가도 돼? 쿠키 구웠거든."

*

엄마한테 배운 방법으로 구운 쿠키는 유리병에 담겨 항

상 리나의 집에 구비되어 있었다. 원통으로 된 용기의 반 정도를 레이스 시트를 깐 플라스틱 용기에 쏟아붓고 뚜껑을 덮어 천으로 싼 다음 잡화점에서 받은 작은 쇼핑백에 넣었다.

신경 써서 메이크업을 하고 옷을 골랐다. 너무 신경을 쓴 티가 나지 않도록 캐주얼한 옷으로 골랐다. 줄무늬 천으로 된 무릎까지 오는 스커트와, 알파벳 로고가 들어간 네이비 티를 입고 얇은 화이트 니트 모자를 맞춰 썼다. 촬영에서 사용한 것을 마음에 들어서 구입한 것이다.

첫 데이트를 하러 가는 기분이었다. 진실을 확인한다는 목적이 있음에도 긴장보다는 기대감이 컸다.

컴퓨터에 등록되어 있는 주소지를 베껴 적은 메모를 한 손에 들고 왔다 갔다 한 끝에 흰 타일로 뒤덮인 분위기 있어 보이는 아파트 앞에 도착했다. 그리고 유리문 앞에서 '302'라고 쓰인 호수의 버튼을 눌렀다.

"누구세요."

"아, 나 리나."

"어서 와. 지금 열어줄게."

삑 하는 소리와 함께 문이 열렸다. 문이 금방 닫혀버릴 것 같아 서둘러 들어갔다. 무인 로비에는 관엽식물이 많이 놓여 있었다.

엘리베이터로 삼 층까지 올라가는 동안에 심호흡을 하며 숨을 골랐다. 만약에 뭔가 의심받을 만한 상황이 되면 머리를 다쳐서 기억이 뒤죽박죽이라고 얼버무리면 될 것이다. 머리를 다치지는 않았지만 기억이 혼란스러운 것은 사실이니까.

302호 문 옆에 '모리시타'라고 쓰인 문패가 걸려 있었다. 문패의 네 모서리에 낙서 같은 일러스트가 그려져 있어 한눈에 알아볼 수 있었다.

벨을 누르자 바로 안쪽에서 문이 열리고 흰 바탕에 파란 줄이 들어간 티셔츠를 입은 남자가 얼굴을 내밀었다.

"어서 와, 리나야."

키는 꽤 큰 편이고 매우 마른 체형이었다. 애 같지는 않으나 남자라기보다는 남자아이 같은 인상이었다. 웃는 얼굴이 부드러웠다.

"들어와. 아오는 지금 일하는 중인데……. 아오! 리나 왔어."

문을 활짝 열고 리나를 맞이하면서 방 안쪽을 향해 소리쳤다.

실례할게요, 하고 구두를 벗으면서 역시 이 사람이 '료쿠'구나 하고 다시 한 번 확인했다. 쿠키를 건네자 고맙다고 웃으며 받아주었다. 얼굴을 본 첫인상은 아주 좋았다.

남자 둘만 사는 집치고는 깨끗하게 정리정돈이 되어 있었다. 유리로 된 테이블 위에 잡지가 두 권 정도 놓여 있었는데, 그것도 인테리어의 일부인 양 분위기에 스며들어 있어 어수선하다는 인상은 주지 않았다.

"카페오레랑 밀크티 있는데 뭐 마실래?"

"아, 그럼 밀크티로 부탁해."

"금방 만들어줄게. 앉아 있어."

리나는 커피는 우유를 넣지 않으면 마시지 못하고, 홍차에도 우유를 듬뿍 넣는다. 그런 취향까지 기억할 정도로 그들은 리나와 친하게 지낸 모양이다. 자신의 기억은 조금도 되돌아올 기미를 보이지 않은 채, 점점 주변 정황들만 확연해지고 있었다. 이상해진 것은 역시 자신의 기억이라는 사실을 항목을 하나씩 지워나가듯이 확인했다.

"아오! 자는 거야?"

"안 자. 아까부터 좀 막혀서!"

달각하는 소리와 함께 주방 옆 방문이 열렸다. 옅은 색 머리를 벅벅 긁으면서 나온 것은 모리시타 아오였다. 이 사람이 '아오'다.

비틀비틀 걸어와서 리나의 대각선 앞 일 인용 소파에 털썩 몸을 던지듯이 앉았다.

검은색 티셔츠에 빨간색 청바지를 입고 있다. 오렌지색 소파에 파묻힌 그의 모습은 그대로 잡지의 표지로 써도 될 것 같았다. 이목구비가 특별하게 또렷한 것도 아닌데 스타일리시하고 마치 그림 같았다. 두 사람 모두 그랬다. 멋있다는 것과는 뭔가 다른 느낌이었다. 굳이 한마디로 정의한다면 '매력적'이었다. 잡지에 실린 사진은 프로 카메라맨과 스타일리스트가 완성시킨 것이라고 생각했지만, 실물도 봐왔던 사진과 별 차이가 없었다.

과거의 리나가 아무리 그들과 사이좋게 지냈다고 해도, 지금의 리나에게는 처음 대면하는 사람들이다. 요 근래까지 잡지나 텔레비전에서밖에 볼 수 없었던 존재였기 때문에, 연예인을 보는 듯한 착각이 들었다.

"아, 리나야. 오랜만이야."

지금 알아차렸다는 듯이 인사를 했다. 료쿠와 같은 얼굴이지만 첫인상이 전혀 달랐다.

"오랜만이야. 휴대전화를 잃어버려서."

"그랬다며. 여고생들의 목숨이잖아. 뭐 리나답긴 하지만."

"아, 이제 여대생이지?" 하고는 웃었다. 미소를 띠자 가

늘어진 눈꼬리가 살짝 올라갔다.

이 사람이 '아오'다. 머릿속에 입력했다. 사람의 얼굴이나 전체적인 특징을 외우는 것은 리나의 특기였다.

"아오 오빠, 일하는 중이었어? 내가 방해했나 봐."

"괜찮아. 어차피 잘 안 풀리고 있었거든. 정해진 날짜가 있는 것도 아니고. 좋은 아이디어가 떠올라서 시작했는데 하다 보니까 막혀버렸어."

"자주 있는 일이야."

양손에 머그컵을 들고 주방에서 나온 료쿠가 파란빛이 도는 핑크색 컵을 리나에게 건네면서 한마디 했다.

"뭔가 떠오르면 식사 도중에라도 일을 시작하고 결국 도중에 막히면 '역시 관둘래!' 한다니까. 이런 일이 허다해."

료쿠가 또 하나의 컵에 입을 대자 아오가 "내 거는?" 하며 원망스러운 얼굴로 말했다.

료쿠는 왼손 엄지손가락으로 어깨 너머 주방을 가리켰다.

아오가 마지못해 일어나 주방 쪽으로 향했다. 만들어놓기는 했는지 컵을 들고 바로 돌아왔다.

실제로는 누가 형이고 누가 동생인지 모르지만 인상만으로는 료쿠가 형인 듯 보였다.

밀크티를 마시면서 잠시 일상적인 대화를 나눈 후에 료쿠와 아오가 동시에 "아!" 하고 작은 소리를 내며 일어났다. 혼자만 앉아 있는 상태에서 두 사람을 올려다보면서 "응? 무슨 일이야?" 하며 당황해하자 "잠시만 기다려" 하고는 둘이 함께 어디론가 사라졌다.

먼저 돌아온 료쿠의 손에는 시디가 들려 있었다.

"리나야, 이거 고마웠어. 미안해, 오랫동안 빌려서."

"아……."

받고 나서 자기 것이라는 기억이 났다. 영화 음악의 피아노 연주 버전이 수록된 시디였다. 그들에게 빌려준 듯했다. 이것으로 리나와 그들 사이에 개인적인 친분이 있었다는 것을 증명해줄 근거가 또 하나 생겼다.

"까먹기 전에 돌려주려고. 고마워."

"어땠어?"

"좋았어. 일하면서 계속 들었어. 아오! 포지 필름 찾는 거면 흰색 서랍 두 번째 칸에 들어 있어."

"아니라니까. 뽑아놓은 게 있다고……. 아, 찾았다."

아오가 안쪽 방에서 뭔가를 찾고 있는 것 같았다. 료쿠는 아오가 뭘 찾고 있는지 아는지, 리나는 알아들을 수 없는 대화가 이어졌다. 열린 문 틈으로 살짝 보이는 방 안은 거실과는 달리 어수선해 보였다.

"찾았다! 리나야, 여기."

표면에 광택이 있는 두꺼운 종이 몇 장을 건넸다. 들여
다보니 흑백 사진 느낌의 사진이었다.

비둘기와 모자를 쓴 여자아이. 프랑스 영화의 한 장면
같다는 생각이 들었다. 그래서 그 여자아이가 자신이라는
사실을 알아채기까지 시간이 걸렸다.

"느낌 괜찮지?"

"응……. 뭔가 신비로운 느낌."

프로 카메라맨들 앞에서 수도 없이 많이 찍혀왔기 때문
에 이미 사진에 익숙한 리나에게도 신선하게 느껴지는 사
진이었다. 옷이나 소품이 더욱 매력적으로 보이게 하려고
찍는 사진과는 달랐다.

"조금 가공해봤어. 원래 사진도 이미지대로 나와서 꽤
쉬웠어."

아오가 찍은 사진인 듯했다. 사진을 찍힌 기억은 나지
않지만 자신이 모델이 된 것이 자랑스럽게 느껴질 정도의
완성도였다.

"아오 오빠 대단해. 나 이 사진 정말 좋아."

"그렇지? 나 천재인가?"

"리나야, 너무 그러면 자기가 진짜 잘난 줄 아니까 그만해."

한껏 뽐내듯이 소파에 다리를 꼬고 앉아 있는 아오와 그 머리를 팔꿈치로 쿡쿡 찌르는 료쿠. 리나는 몇 장 정도 되는 스냅 사진을 몇 번이고 넘겨가면서 감상했다.

"줄게."

아오가 활짝 웃으며 말했다.

"그 정도 사이즈 되는 봉투 어디 있지 않아? 그대로 가져가면 구겨지잖아. 찾아볼게."

료쿠가 잠시 후 봉투를 들고 왔다. 고맙다고 말하고 받아서 조심스럽게 사진을 넣었다.

"어? 이거……."

테이블에 놓여 있던 잡지 두 권의 표지가 눈에 들어왔다.

"아, 미안해. 너저분하지?"

"그게 아니고. 나도 그 잡지 샀거든."

리나가 야에와 커피숍에서 만났을 때 읽고 있었던 것과 같은 잡지였다. 오늘 이곳에 오게 된 계기가 된 '사이언'에 대한 기사가 실려 있었다.

"인터뷰 실렸더라?"

"맞아. 실은 우리 기사가 실린 건 전부 다 사거든. 우리는 우리가 정말 좋아. 발매일만 되면 신나서 서점에 가거든."

"간 김에 재고를 진열대에서 눈에 띄는 곳에 두고 오거나 하지."

둘은 서로를 보며 웃었다.

손을 뻗어서 팔락팔락 잡지 페이지를 넘기며 둘이 나란히 찍힌 페이지를 열었다.

"뭔가…… 신기해."

진짜가 눈앞에 있다.

무의식적으로 본심이 입 밖으로 튀어나왔다. 둘은 "뭘 이제 와서"라며 특별히 의심하는 기색도 없이 다시 한 번 웃었다.

"앗……."

갑자기 아오가 조용해졌다.

유리 테이블 표면을 응시하나 싶더니 벌떡 일어났다.

"떠오른 거…… 같아."

그렇게 한마디 남기고 료쿠나 리나에게 아무런 말도 하지 않은 채 열어두었던 본인의 방으로 들어가 문을 닫아버렸다.

멍하게 앉아 있는 리나에게 료쿠가 "미안해" 하며 어색하게 웃었다.

"항상 저래. 아직 적응이 안 되지?"

"아니, 괜찮아."

뭔가 떠오르면 바로 행동으로 옮기는 것이 아오, 그리고 뒤처리를 하는 것이 료쿠의 역할이라고 리나는 머릿속 '사이언' 관련 데이터 파일에 추가했다.

"차 다시 내올게. 리나가 가져온 쿠키, 지금 먹어도 될까?"

이런 사람들이라면 좋아지는 것은 당연한 일이었다.

리나는 웃는 얼굴로 료쿠를 보며 응, 하고 고개를 끄덕이면서 마음속으로만 작게 한숨을 내쉬었다.

*

인터넷으로 '기억술사'라는 단어를 검색해보니 생각보다 많은 건수의 검색 결과가 표시되었다. 모두 도시전설 관련 사이트나 게시판이었다.

리나는 도시전설이라는 단어의 뜻조차 알지 못했지만, 아마도 실화라고 전해지는 근거가 애매한 소문, 그중에서도 특히 현대 사회에 떠도는 괴담이나 기묘한 이야기들을 총칭하는 말인 듯했다.

몇 개의 사이트에 들어가서 '기억술사'라는 것이 빨간 마스크나 화장실에 나온다는 하나코 귀신같이 어느 일정한 조건이 충족되면 나타나는 도시전설 속 괴인이라는 사실을 알았다. 지우고 싶은 기억만 깨끗하게 지우는 신기한 능력을 가진 괴인이라고 한다.

'기억술사는 해 질 녘에 나타난다.'

'기억술사는 녹색 벤치에서 기다리면 나타난다.'

'기억술사의 얼굴을 봐도 바로 그 기억이 사라지기 때문에 기억술사의 정체는 아무도 모른다.'

'기억술사는 사람의 기억을 먹고 산다.'

'기억술사가 한번 지운 기억은 되돌아오지 않는다.'

'기억술사에게 기억을 지워달라고 부탁하려면 엄청난 금액의 사례금이 필요하다.'

'기억술사도 사람의 기억을 먹지 못하면 곤란하기 때문에 반드시 사례금이 필요한 것은 아니다.'

사이트에 따라서 기억술사에 관한 정보에는 차이가 있었다. 그것 또한 도시전설의 특징이었다.

"예를 들어 빨간 마스크에도 붉은 옷을 입고 있다는 등 빨간 차를 타고 다닌다는 등 낫 또는 칼을 갖고 있다는 등 다양한 설이 있듯이…… 그렇구나……."

컴퓨터 앞에서 홀로 감탄했다. 다시 말하면 흔히 있는 '실제로 있을 법한 좀 신기한 이야기'의 일종인 것이다. 그런 종류의 이야기라면 리나도 어렸을 때는 실제로 있다고 믿고 무서워했던 적도 있지만, 고등학생이 되고 나서는 그런 감정도 사라졌다. 혹시 어딘가에 남아 있을지도 모른다는 생각이 가끔 들긴 하지만, 그런 생각은 금세 이성적인 자아에 의해 지워졌다.

과거의 자신이 기억술사를 만나서 기억을 지워달라고 부탁했다고 생각하기에는 너무나 비현실적인 이야기였다.

아직 단서라고는 기억술사라는 단어밖에 없다.

(기억이 없는 이유는…… 일단 그렇다고 치고.)

자신은 이런 뜬소문에 의지할 정도로 궁지에 몰려 있었던 것일까? '사이언'과 친해지고 나서 그런 상황에 이른 것일까?

(그런 식으로는 보이지 않았는데.)

리나는 인터넷 접속을 끊고 기지개를 켰다. 내일도 또 두 사람과 만나기로 했다.

뭘 입고 갈지 고민이 되었다.

*

"……아, 리나야. 어서 와."

반갑게 맞아준 료쿠는 왠지 기운이 없어 보였다. 말소리도 힘이 빠져 있었다.

그래도 차와 쿠키를 내와서 "천천히 놀다 가"라며 기분 좋게 웃으며(하지만 기운 없이) 말하고는 소파가 아닌 거실과 이어져 있는 주방의 식탁의자에 앉아서 한숨을 쉬었다.

"······료쿠 오빠한테 무슨 일 있어요? 왠지 기운이 없어 보이는데."

반대편 소파에서 크로스워드 퍼즐 책을 읽고 있던 아오에게 작은 목소리로 물었다.

그러자 아오가 아무렇지 않은 듯 대답했다.

"아, 신경 쓰지 마. 실연당해서 지금 풀이 죽어 있는 거야."

"실연?"

"아오!"

원망하는 듯한 목소리로 료쿠가 아오를 나무랐다. 하지만 아오는 신경 쓰는 기색도 없이 장난스럽게 웃었다.

"반년 전쯤에 친해진 기타리스트 누나가 있는데, 전에 같이 일을 한 적이 있거든. 그 누나가 엄청 멋있는 사람인데, 이번에 결혼을 한다고 그래서 상처받아서 저래."

"너, 이 수다쟁이!"

료쿠는 포기했다는 듯이 말하고 식탁 위에 엎드려버렸

다. 반론할 기력조차 없을 정도로 상처를 받은 모양이었다.

아오는 웃으면서 일어나 료쿠가 있는 식탁 근처로 갔다. 그리고 료쿠의 등을 툭툭 쳤다.

"괜찮아. 료쿠한테는 내가 있잖아."

"재미있어서 죽겠지?"

"아니야! 그렇지 않다니까. 기운 내!"

"이거 줄 테니까"하며 마시다 만 카페오레가 든 컵을 내밀었다.

료쿠는 천천히 고개를 들어 컵을 받아 들었다. 이미 다 식어버린 카페오레를 한 번에 쭉 들이켰다.

"오! 잘 마시는데?"

"근데 요즘 주변에 결혼이나 약혼하는 사람 많지 않아?"

"그러게."

"가즈도 그렇고 유코도 그렇고."

"그러게…… 뭐?"

마치 한탄하는 술주정뱅이와 그 상대역처럼 재미있다는 듯 맞장구를 치던 아오가 깜짝 놀라며 표정이 달라졌다.

"지금 유코라고 했어? 그러니까 그 유코가? 결혼을?"

"뭐야, 너 몰랐어? 약혼했다고 말했잖아. 상대는 카메라맨이고……."

"아악, 됐어, 그만해. 듣고 싶지 않아."

아오는 소리를 지르면서 양쪽 귀를 막고 료쿠의 반대편 의자에 앉았다. 양 팔꿈치 사이에 얼굴을 묻고 식탁에 엎드려버렸다.

"그게 뭐야, 아 진짜. 유코가 결혼한다고? 완전 충격이야."

방금 전의 료쿠보다도 더 처량한 목소리로 징징거리며 우는소리를 하고 있다. 료쿠가 한숨을 내쉬고는 톡톡 등을 두드렸다.

"아오, 정신 차려. 리나가 놀라잖아."

"우엥."

"리나야, 미안."

"아니야."

료쿠는 아오를 억지로 일으켜 세워서 소파 쪽으로 데리고 왔다. 아오는 휘청휘청하면서 이번에는 소파에 몸을 묻었다. 팔걸이에 한쪽 볼을 대고 "하트 브레이크"라고 중얼거렸다.

"료쿠 오빠는 아오 오빠가 망가지면 정신을 차리는구나?"

"아오는 항상 충동적으로 행동하니까. 둘 다 망가지면 큰일이잖아."

어쩔 수 없다는 듯이 웃었다. 아오를 보살피다 보면 일단 본인에 대한 걱정을 잊는 듯했다.

"엉엉, 유코야."

아오는 여전히 칭얼거렸다. 얼굴은 리나 쪽을 향하고 있었는데, 참으로 한심한 얼굴을 하고 있었다. 몸속의 기운이 다 빠져나간 듯 팔이 소파 아래로 축 처져 있었다.

유코라는 사람이 누군지는 모르겠지만, 아오는 그녀에게 마음이 있었나 보다. 료쿠도 그렇고 아오도 그렇고 리나 앞에서 이렇게까지 숨김없이 실연을 당했네, 충격이네 하는 걸 보면 둘 중 누구와도 연인 사이였던 적은 없었던 듯했다. 적어도 지금은 리나를 연애 상대로 보지 않는다는 말이니 조금 서운하다는 생각이 들었다.

(그렇다는 건 과거의 나는 완전한 짝사랑이었다는 거네.)

왼쪽 팔목에 감긴 세 줄로 된 비즈 팔찌를 오른손으로 만지작거리면서 작게 한숨을 쉬었다. 짝사랑이 너무나 괴로워서 잊고 싶어 그것만으로 기억이 사라진다니 가능한 일인가? 어지간히 비참하게 차였다면 또 모르지만, 료쿠나 아오는 그럴 사람들로는 보이지 않았고, 그런 일이 있었던 것치고는 스스럼없이 리나를 대했다. 예전의 리나가 이 두 사람 중 누구를 좋아했는지는 아직 알 수 없지만, 이 두 사람이라면 짝사랑도 분명 즐거웠을 것이라는 생각이 들었다.

"앗!"

매니큐어를 칠한 손톱 끝이 팔찌를 채우는 금속 부분에 틱 걸리면서 줄이 끊기는 느낌이 들었다.

다음 순간 파란 비즈 알들이 좌르륵 소리를 내며 거실 바닥에 흩어졌다. 팔걸이에 볼을 대고 있던 아오의 바로 눈높이 부근에서 비즈가 흩어지면서 바닥에 떨어지고 몇 알은 바닥에서 튀어 올라 더 넓은 범위로 흩뿌려졌다.

"앗, 어떡해! 미안해."

"뭐야, 비즈? 줄 끊겼어? 괜찮아?"

하늘색 원피스에 맞춰서 고른 아끼는 액세서리였다. 하지만 손목에 남아 있는 것은 금속 버클과 줄, 그리고 몇 알의 비즈뿐이었다. 료쿠가 쭈그리고 앉아서 몇 알을 주워주었지만 여기저기로 흩어져버린 비즈 알들을 전부 줍기는 어려워 보였다.

"……."

가만히 쳐다보고 있던 아오가 갑자기 벌떡 일어났다.

손바닥으로 물을 뜨듯이 비즈를 모으더니 또 그 손을 뒤집어 바닥에 떨어뜨렸다. 비즈 알들은 바닥에 좍 흩어졌다.

"아오?"

"아오 오빠?"

"……떠올랐다."

그 말 한마디만 남기고 벌떡 일어나 자신의 방 겸 작업실로 들어가버렸다. 사방으로 흩어진 비즈가 그의 영감을 자극한 듯했다.

"이래서 크리에이터들이 욕을 먹는다니까" 하며 료쿠가 투덜거렸다.

쾅 하고 굳게 닫힌 그의 방문을 멍하니 바라보는 리나에게 료쿠는 "저러는 게 쟤 일과야" 하며 아오를 감싸듯이 말했다.

"비즈 알 줍는 거 도와줄게. 고칠 수 있을까?"

"아니, 팔찌는 이제 됐어. 어지럽혀서 미안해."

"괜찮아."

"카페오레 다시 끓여다 줄게."

료쿠가 웃으며 말했다.

*

아오에게 받은 사진 중 가장 마음에 드는 한 장을 액자에 넣어서 벽에 걸었다.

자신이라는 생각이 들지 않을 정도로 멋진 사진이다. 몇 번을 봐도 너무 기뻐서, 샤워를 하고 나온 리나는 팔에 보디로션을 바르면서 자신도 모르게 웃음이 새어 나왔다.

(아오 오빠는 사진이 전문도 아닌데 어떻게 이렇게 잘 찍을까?)

본인이 잘하는 것을 하나로 정하지 않고 관심이 생기면 뭐든 해보는 그가 대단하게 느껴졌다.

(그 결과 완성된 작품이 그냥 한번 해봤다 하는 수준이 아니라는 것은 얄밉지만, 재능이 흘러넘치는 사람이야.)

뭐든 해내는 것도 멋있지만 뭐든 해본다는 것이 더 멋있었다.

작품과 인격은 별개지만 두 사람의 경우에는 본인들도 정말 반짝이고 있고, 그것이 그대로 작품에 드러나는 것 같다.

료쿠의 사람을 편안하게 만드는 표정이나 대화법, 그리고 결코 부담스럽지 않은 배려심은 너무나 훌륭하고 본받고 싶고, 아오의 자유분방한 발상이나 추진력도 부럽고 존경스러웠다.

두 사람이 매일을 즐겁게 생활하고 있는 모습이 좋아 보였다. 그렇게 다양한 분야를 접하면서 근사한 것에 둘러싸여 있는 그들이 또 근사한 것들을 만들어내고 주변 사람들을 행복하게 하고 있다.

(나도 그들처럼 되고 싶어.)

액자 틀을 손가락으로 쓰다듬었다. 이 사진은 내 보물이야.

아오에게는 그저 놀이에 불과했겠지만, 그래도 내가 '사이언' 작품의 일부가 되었다는 사실이 기뻤다.

(또 찍어줬으면 좋겠다.)

아오가 또 한 번 나를 찍어보고 싶다는 생각을 해줬으면 좋겠다. 내가 그런 사람이 될 수만 있다면.

영차, 마음을 다잡고 리나는 바닥에 다리를 펴고 앉아서 로션으로 림프 마사지를 시작했다.

한동안 게을리했던 스트레칭도 오늘부터 다시 시작하기로 했다.

더 멋진 여자가 되겠다고 다짐한들 하루아침에 바뀔 리도 없고, 당장 뭘 어떻게 해야 할지도 몰랐다. 분명 그것을 찾아내는 것부터 시작해야겠지만 지금은 우선 눈앞에 놓여 있는, 자신이 할 수 있는 것부터 시작하기로 했다.

*

"리나야, 사복이 평소랑 느낌이 좀 다른데?"

친한 스타일리스트가 물었다.

모델의 사복을 소개하는 스냅사진 촬영이 있어 오늘은 사복을 입고 스튜디오에 왔다. 구두도 가방도 전부 리나의 개인 물건이었다.

리나는 촬영하러 올 때도 사복은 거의 스커트를 입는 날이 많기 때문에, 크롭 팬츠에 스니커를 신은 오늘의 스타일이 신기하게 보였을 수도 있다.

"그래요? 지금까지 입어본 적 없는 옷에도 도전해보려고요."

"그래? 느낌이 확 달라지는데? 그런 것도 잘 어울려."

스타일리스트는 이런 칭찬의 말과 함께 이번에는 여성스러운 스타일 말고 다른 느낌으로 찍어달라고 해보자고 제안했다. 그런 제안이 리나를 기쁘게 했다. 새로운 것에 도전해보고 싶다는 생각이 들었다. "네, 부탁드릴게요" 하면서 고개를 숙였다.

입는 옷의 스타일에 따라서 포즈도 바꿔야 한다. 스스로도 의식해서 표정을 바꿔보았지만, 카메라맨의 지시도 지금까지 해온 여성스러운 의상의 촬영 때와는 다른 느낌이어서 신선했다.

"어? 이거 누구 카메라야?"

촬영이 일단락되었을 때 스태프 목소리가 들려서 뒤를 돌아보았다.

스튜디오 구석에 놓인 긴 테이블에 올려둔 리나의 물건을 내려다보면서 촬영 스태프가 고개를 갸우뚱거리고 있었다.

"아, 그거 제 거예요."

나중에 개인 물품을 소개하는 코너 촬영도 하기로 되어 있었기 때문에, 가방 안에 있는 물건들을 꺼내놓은 것이다.

파우치나 손수건, 스마트폰과 함께 산 지 얼마 되지 않은 디지털 카메라가 놓여 있었다.

"리나한테 그런 취미가 있었어?"

"시작한 지 얼마 안 됐어요. 배우는 중이에요."

아오가 찍어준 자신의 사진에 감동을 받아 관심을 갖게 되었다.

꽃이든 하늘이든 그들의 손을 거치면 마법처럼 근사한 작품이 완성되었다. 료쿠처럼 그림을 그리는 것은 난이도가 너무 높지만 사진이라면 모델 일과도 무관할 것 같지 않았다.

"어떻게 하면 매력적인 사진이 나올지는 거의 감각이랄까, 재능이랄까, 배워서 될 것 같지는 않지만 찍는 사람 시선에서 생각해보는 것도 모델이라는 직업에 도움이 될 것 같아서요."

카메라를 배운다고 해서 그 두 사람과 같은 작품을 만들어낼 수는 없겠지만, 모델로서 '찍히는 방법'을 의식하는 일로 이어질 것 같았다.

"뭐든 열심이네."

리나는 이제 막 알려진 패션모델로 옷이나 소품을 돋보이게 하는 것이 일이다. 중요한 것은 사진의 예술성이 아니기 때문에 이런 말을 하면 비웃음을 당할지도 모른다고 생각했지만, 카메라맨도 스타일리스트도 리나를 무시하거나 비웃지 않았다.

하지만 '사이언'에게 영향을 받아서 시작한 일이기 때문에 칭찬을 받자 창피하다는 생각이 들었다.

"아, 맞다. 이거 소품으로 사용해보면 어떨까요? 이 모자에 맞춰서 이런 식으로……."

"어, 괜찮네. 그렇게 한번 찍어볼까?"

카메라를 들고 포즈를 취했다. 이런 사소한 제안이라도 받아들여지니 기분이 좋았다.

신인 모델이 프로에게 제안을 하면 혹시 건방지다는 소리를 듣지 않을까 걱정했는데, 앞으로는 두려워하지 말고 뭐든 적극적으로 발언을 해보자고 다짐했다.

(좋은 결과를 만들어내기 위해서 나도 할 수 있는 일을 해야지.)

예쁜 옷이나 꾸미기가 좋아서, 그저 즐거울 것 같아서 시작한 일이었다. 그리고 그저 즐기면서 일을 해왔다. 스스로가 즐기는 것도 분명 중요하다는 사실은 '사이언' 두 사람이 반짝이는 것을 보면 알 수 있다. 하지만 그들과 같이 주변 사람들도 행복하게 만드는 일을 하고 싶다면 내가 즐기는 것만으로는 뭔가 부족하다는 생각이 들었다. 그처럼 재능이 있는 사람들조차 마음 내키는 대로 하는 것처럼 보여도 언제나 작품에 대해서 고뇌하고 있었다.

(나도 두 사람처럼 되고 싶어. 더 내 세계를 펼쳐서 매력적인 사람이 되어 주변 사람들이 나를 모델로 삼고 싶어 하는 그런 사람이 되고 싶어.)

그렇게 되기 위해서는 나에게 주어진 것을 받아들이고 지시하는 대로 그저 웃거나 움직이기만 해서는 분명 부족할 것이다.

아오가 찍어준 사진이 초라해 보이지 않도록 나도 한껏 빛을 내고 싶어.

그런 생각을 하는 것만으로도 내면에서 힘이 넘쳐나는 것 같았다.

*

리나는 모리시타 형제들의 아파트에 자주 드나들게 되었다.

처음에는 탄로 나지 않을까 긴장도 했지만 익숙해지자 그들과 함께 있는 것이 매우 편안했다.

그날 리나가 사과 젤리를 들고 찾아갔을 때는 료쿠가 식탁에서 작업을 하고 있었다. 드물게 아오가 "어서 와!" 하고 긴장감 없는 목소리로 리나를 맞아주었다.

료쿠는 카메라를 만지고 있었다. 순간 의문이 들었다. '사이언'의 작업은 기본적으로 누가 무엇을 하는지 정해놓은 것은 아니지만, 주로 아오가 디자인을 담당하고 료쿠가 일러스트를 그린다고 들었었다. 재미 삼아 아오가 묘한 선화를 그리는 경우도 있고 료쿠가 색 선정부터 일일이 아오에게 지시하는 경우도 있다. 하지만 기본적으로 료쿠는 일러스트 담당이고 사진이나 프로듀스나 새로운 기획을 하는 것은 대체로 아오라고 료쿠 자신이 말했던 것을 기억하고 있다.

"료쿠 오빠, 사진도 찍어?"

"응. 작품으로 발표할 사진은 아니고. 일러스트 소재를 찍으려고."

"소재? 뭔데?"

"장수풍뎅이."

"장수풍뎅이?"

"응."

'굉장하지 않아?' 하는 표정으로 료쿠가 리나를 보며 대
답했다.

"데포르메(자연의 대상을 왜곡하거나 변형해서 표현하는 미
술기법 – 옮긴이)해서 캐릭터화할 건데. 장수풍뎅이나 사슴
벌레를 모티브로 그려보려고. 여름방학 같은 느낌이 들지
않아?"

"그렇구나."

여름에 발표할 시리즈를 생각하고 있는 중이라며 행복
한 표정으로 설명해주었다. 리나는 곤충은 그다지 좋아하
지 않지만, 료쿠가 직접 그린 그림이라면 분명 귀여울 것
같았다.

"역시 실제로 보고 그리는구나."

"응. 도감이나 자료를 모아서 그려도 되는데, 실제로 움
직이는 모습을 보고 그리고 싶어서. 배 쪽이나 세세한 부
분은 참고하려고 사진도 찍긴 하지만."

"장수풍뎅이 사 오려고? 이 시기에는 백화점 같은 데서 팔지 않나? 아직 좀 이른가?"

"예산 문제가 있어서."

"아, 직접 잡을 거야?"

료쿠는 쑥스러운 듯 "가능하면" 하고 웃었다.

"아무리 그래도 이 부근 나무에는 붙어 있지 않겠지만 조금만 교외로 나가면 왜 자연공원이나 그런 데 있잖아, 자동차로 좀 더 가면 산 쪽에 상수리나무도 있을 거고. 우리는 서민적인 크리에이터거든."

"대단해. 난 곤충 채집 그런 거 해본 적이 없어."

"수액에 모여들어. 우리는 시골에서 해본 적 있어. 옛날에 아오랑 둘이서."

"잘 잡혀?"

"풍이(풍뎅이와 유사하게 생긴 딱정벌레목의 곤충 – 옮긴이) 같은 건 얼마든지. 근데 장수풍뎅이나 사슴벌레는 잘 안 잡혀. 근데 잡아본 적은 있어. 나무에 설탕물 발라놓고 밤 중에 보러 가면 모여 있거든."

소파에 누워 있던 아오가 물었다.

"료쿠! 오늘 점심 메뉴가 뭐야?"

"아직 결정 안 했어."

료쿠는 그쪽으로는 눈길을 주지 않았지만 성실히 대답은 했다.

"배고파."

"아직 오전이잖아."

마치 초등학생 아들과 엄마 같았다. 아오는 부루퉁해져서 쿠션을 안고 등을 둥그렇게 말았다. 료쿠는 아무 일 없었다는 듯이 "이 설탕물이란 게 제일 적당한 비율이 있어서" 하며 화제를 돌렸다.

"가능하면 빨리 그려보고 싶어. 지금 바로 가볼까 봐. 이 시간이면 나와 있지는 않겠지만, 설탕물 정도는 발라놓고 올 수도 있으니까. 원래는 7월은 돼야 많이 있거든."

료쿠는 즐거운 듯 말하고는 일어나 주방에서 설탕이 든 용기를 가져왔다. 큰 컵에 수돗물을 붓고 스테인리스 스푼으로 설탕을 퍼서 컵에 넣었다.

"역시 물통에 넣어서 가져가야 하나? 근데 나무에 바르려면 붓이 필요한데. 페트병에 담아 가져가서 그 자리에서 접시 같은 데 부어서 붓에 묻혀서 바르면 되려나?"

머들러까지 꺼내 와서 설탕물을 휙휙 저었다.

"나는 장수풍뎅이는 왠지 여름방학의 상징 같은 느낌이 들어."

"료쿠!"

"뭐랄까…… 좀 느릿한 느낌이 좋아. 동글동글해서 데포르메하기 쉽게 생기기도 했고."

"료쿠우! 봉골레 바질 파스타 먹고 싶어."

"색연필이나 수채로 옅은 느낌을 살리면 좋을 것 같아. 근데 반대로 눈에 확 띄는 색에 두꺼운 선으로 그리는 것도 재미있을 것 같고. 어쩌지?"

"봉골레 바질 파스타!"

료쿠는 아오를 상대하지 않기로 작정한 모양이었다. 배고픔을 호소하는 아오가 먹이를 달라고 조르는 아기 새 같아서 리나는 신경이 쓰였지만, 료쿠는 이미 익숙한 듯 철저하게 무시하고 있었다.

아오는 꽤 긴 시간 "봉골레 바질 파스타! 봉골레 바질 파스타!" 하며 노래를 부르다가 결국 화가 나는지 입을 다물었다. 그러다가 더는 못 참겠는지 소파에서 일어나 식탁 쪽으로 걸어왔다.

"나무에 바르고 나서 반나절은 기다려야 한다는 게 좀 귀찮지만 몇천 엔이나 주고 백화점에서 사 오는 것보다는 싸니까. 서민적인 예술가니까 어쩔 수 없지."

언짢은 듯 눈살을 찌푸린 아오가 리나와 료쿠 앞에 우뚝

서서 허리춤에 손을 올렸다. 리나가 얼굴을 드는 것과 거의 동시에 아오는 아무 말 없이 손을 뻗어 투명한 컵에서 머들러를 뽑아 휙 던졌다.

료쿠가 따질 겨를도 없이 둘은 동시에 앗, 하고 소리를 냈다.

꿀꺽꿀꺽.

생맥주 광고처럼 아오의 울대뼈가 위아래로 움직이는 것을 리나는 어리둥절하게 올려다보았다.

"캬!"

한 방울도 남기지 않고 설탕물을 마셔버린 아오는 호기롭게 손등으로 입을 쓱 닦고 쾅 소리를 내면서 컵을 식탁에 내려놓았다. 그러고는 방긋 웃으며 말했다.

"봉골레 바질 파스타. 말린 거나 분말 말고 생바질로 부탁해."

료쿠는 빈 컵을 한 손으로 들어 올렸다 내리고는 팔꿈치를 직각으로 꺾어서 양손을 들었다.

'졌다'는 포즈다.

아오는 만족스럽다는 듯이 고개를 끄덕였다.

리나는 생바질과 그 외에 떨어진 생활용품을 사러 간다
는 료쿠를 따라나섰다. 바질 파스타를 요구한 당사자는 개
운하다는 표정으로 다녀오세요, 하고 손을 흔들며 두 사람
을 배웅했다.

"나 배고프니까 빨리 사 와야 해."

"열받으라고 여기저기 들렀다 가자."

문을 닫고 밖으로 나와 걸으면서 료쿠는 리나에게 제안
했다.

남자와 단둘이 슈퍼에 가는 것은 처음이었다. 리나는 언
제나 대부분의 물건을 편의점에서 해결했다.

"이렇게 큰 슈퍼에 와본 건 처음이야"라고 리나가 말하
자 료쿠는 놀란 눈치였다.

"나는 꽤 자주 와. 짐이 많아질 것 같은 날은 아오를 데
려오고. 근데 아오가 같이 오면 과자나 이상한 걸 모르는
사이에 바구니에 넣어서 귀찮아."

"그래도 뭔가 재미있을 것 같아."

"덤으로 달려 있는 피겨를 갖고 싶다고 콜라를 박스째로
사거나 하는 건 그나마 양호한 편이야. 언젠가는 고이케야
(일본의 제과회사 ─ 옮긴이) 감자 칩을 종류별로 다 산다거나

판 초콜릿을 제과회사별로 죄다 산다거나 하며 바구니에 막 넣어놔서 내가 나중에 되돌려놓으러 가기가 너무 힘들었어."

리나가 소리를 내서 웃자, "아니, 진짜라니까" 하며 투명 팩에 든 바질이 놓인 진열대 앞에 서서 얘기를 계속했다.

"그리고 더 힘든 건 삐친 아오의 기분을 풀어주는 거. 정크푸드만 먹으면 몸에 안 좋다고 그렇게 얘기를 하는데도."

"료쿠 오빠가 엄마 같아."

"아, 아오도 그렇게 말하더라. 그렇게 되고 싶은 마음은 전혀 없어."

"료쿠 오빠랑 아오 오빠가 어렸을 때 어땠을지 상상이 돼."

"기본적으로는 지금이랑 비슷해."

아오는 옛날부터 정리정돈을 잘 못했고 비비드한 색으로 마구 색칠을 하거나 공작시간에 과제를 완전 무시하고 이상한 오브제를 만들어서 선생님을 놀라게 한 적도 있지. 료쿠 오빠는 어땠는데? 나? 나는 얌전하고 그냥 정상적으로 시키는 대로 잘 그리고 칭찬받았지. 요령이 좋았거든. 하하, 그렇구나.

료쿠의 이야기를 듣고 있으면 리나는 지루할 틈이 없었

다. 리놀륨이 깔린 매장을 걸으면서 료쿠는 리나가 좋아할 것 같은 이야기를 쉬지 않고 가벼운 어투로 해주었다.

바질 팩을 양손에 하나씩 들어보고 마음에 든 쪽을 바구니에 넣었다.

"근데 나는 아오가 그린 그림이 옛날부터 좋았어."

가는 파스타가 담긴 삼색의 종이상자와, 흰색과 파란색이 어우러진 우유팩, 그리고 그 위에 녹색 바질.

"나도 좋아해. 두 사람 그림 다."

"고마워."

미소 띤 얼굴, 밝은 조명, 적당한 온도로 맞춰진 넓고 청결한 슈퍼 안.

매우 즐거웠다.

이렇게 기분 좋은 날들을 포기했다니 예전의 자신이 이해되지 않았다.

"새로운 시리즈가 완성되면 리나한테도 샘플을 줄게. 아, 그런데 장수풍뎅이 같은 거는 여자애들이 별로 안 좋아하려나?"

"그렇지 않아, 정말 좋아해."

"아직 먼 얘기지만. 백화점에서 살 수밖에 없을까? 스폰서가 생기면 비용은 경비로 처리할 수 있을 텐데……. 아,

오렌지가 싸네."

판매대 앞쪽에 눈에 띄게 진열된 비닐봉지에 담긴 오렌지 다섯 개를 재빨리 바구니에 담았다.

"아오가 오렌지를 좋아해."

"크리에이터는 좋아하는 음식도 멋지네."

"아니야. 소스 발라서 구운 센베이(쌀이나 밀가루 반죽을 얇게 구운 일본 전통과자 – 옮긴이) 같은 것도 좋아해."

"그게 뭐야."

소리 내어 웃으면서 계산대로 향했다. 짐은 그리 많지 않았다.

계산을 끝내고 밖으로 나오자 상점들이 들어선 완만한 언덕길이 좌우로 이어졌다.

"차랑 같이 먹을 디저트 사 갈까? 반대쪽이긴 한데 백화점 지하에 마카롱 전문점이 있거든. 리나가 왠지 좋아할 것 같아서 저번에 봐뒀어. 마침 시간 있으니까 들렀다 가자."

"마카롱? 와, 뭔가 고급스러운 디저트."

좌측에는 오코노미야키 가게, 카메라 전문점, 채소 가게가 있고 우측에는 건어물 가게, 약국, 꽃집이 들어서 있었다.

"재미있다. 이쪽으로 와본 건 처음이야."

"그래? 리나 같은 젊은 애들은 상점가는 별로 갈 일이 없나?"

"근데 여기 있는 가게들 왠지 다 귀여워."

"귀엽다는 건 최강의 종파구나. 특히 여자아이들이 말하는 '귀여워!'는 무적이지."

료쿠는 웃으며 그렇게 말한 후, 작은 꽃가게 앞에서 발걸음을 멈춘 리나를 따라 형형색색의 꽃들이 넘치는 가게 안을 들여다보았다.

"요즘은 계절이랑 상관없이 뭐든 나오는구나. 리나는 무슨 꽃 좋아해?"

"꽃은 대체적으로 다 좋아하는 편인데……. 그중에서도 튤립 좋아해. 그리고 여기에는 없지만 스위트피도."

"남자 둘만 사는 집은 꽃 같은 건 잘 안 사니까. 저기요, 이 튤립 주세요."

료쿠는 가게 입구에 가득 꽂혀 있는 튤립을 손가락으로 가리키면서 말했다.

장화를 신고 앞치마를 두른 점원이 웃는 얼굴로 "네! 어느 색으로 하시겠어요?"라고 물으며 손에 장갑을 끼었다.

"리나야, 무슨 색이 좋아?"

"으응?"

"사줄게" 하고는 싱긋 웃었다.

"그렇지만⋯⋯."

"장보러 같이 와줘서 고마워. 꽃 살 기회도 거의 없고. 색 골라봐."

"음⋯⋯. 그럼 핑크로."

리나가 선명한 붉은색과 노란색 사이에 있는 옅은 핑크색 튤립을 손으로 가리키자, 장갑을 낀 점원이 줄기 끝을 잡아서 들어 올렸다.

"몇 송이 드릴까요? 집에 장식하실 건가요?"

"다발로 꽂았을 때 허전하지 않으면서 방해가 되지 않을 정도? 그 정도면 몇 송이 정도일까요? 대여섯 송이?"

"그렇죠."

"그럼 그 정도로 할게요. 다발로 만들어주세요."

양동이에서 뽑은 몇 송이의 튤립을 익숙한 손길로 다발로 묶어서 물에 적신 티슈로 줄기 끝부분을 감싼 뒤 젖은 부분을 포일로 덮고 고무로 묶었다. 그 위를 영자신문으로 둘러싸자 눈 깜짝할 사이에 심플한 꽃다발이 완성되었다.

"여기."

계산을 끝낸 료쿠가 무심한 듯 꽃다발을 건네주었다. 프랑스 영화의 한 장면 같다고 무심결에 한 말을 료쿠가 들었는지 웃었다.

"고마워."

"천만에요."

튤립을 안고 슈퍼 비닐봉지를 든 료쿠와 나란히 언덕길을 걸었다.

자연스럽게 발걸음이 가벼워졌다.

"생일도 아무 날도 아닌데 남자한테 꽃 받아본 거 처음이야."

너무 기쁜 나머지 저절로 나오는 웃음을 참으면서 리나가 말하자, 오렌지가 담긴 봉지를 오른손에 옮겨 들던 료쿠가 눈썹을 살짝 올리면서 "응, 나도"라고 말했다.

"생일도 아무 날도 아닌데 여자한테 꽃 줘보고 싶었어."

마주 보며 웃었다.

오늘 일은 반드시 일기에 써야지. 리나는 마음속으로 다짐했다.

생바질과 파스타를 들고 돌아왔을 때 시곗바늘은 한시와 두시 사이를 가리키고 있었다.

"왜 이렇게 늦게 와."

문을 열자마자 소파로 되돌아가서 드러누우며 아오가

말했다.

테이블 위에는 황록색 플라스틱 뚜껑이 달린 투명한 아크릴 상자가 있었다. 깔린 흙 위에 놓인 나뭇조각과 수박 껍질 사이에서 장수풍뎅이가 굼실굼실 움직이고 있었다.

"이거 어디서 났어?"

"205호 히토시한테 빌렸어. 대신에 여름방학 그림숙제를 도와달래. 하지만 지금은 우선 빨리 봉골레 바질 파스타부터 만들어줘."

"우리가 도와주는 건 반칙이지 않아? 그래도 우리는 프로인데."

소파에 드러누워서 말하는 아오에게 질렸다는 듯이 대꾸하면서도 장수풍뎅이를 보는 료쿠는 즐거워 보였다.

*

사회자: 네! 여전히 쿨한 아에 씨였습니다. 다음은 리나 씨의 얘기를 들어보겠습니다. 지금까지는 여성스러움의 대명사라는 이미지가 강했는데요, 최근에는 여러 다른 아이템에 도전하면서 새로운 면모를 보여주고 있다고요.

리나: 다양한 일에 도전해보고 싶어서요. 일단 뭐든 해보

자는 생각이죠.

사회자: 지난달 호부터 연재가 시작된 포토 다이어리도 반응이 좋다고 하네요. 최근 더욱더 빛이 난다고 편집부에서도 소문이 자자해요.

리나: 정말요? 사실이라면 정말 기쁘네요.

사회자: 혹시 사랑을 하고 계신다거나?

리나: 비밀이에요. 후훗.

사회자: 이번 달에 실린 다이어리에는 야에 씨도 등장하죠?

리나: 네. 둘이 요가 교실에 체험 가입해서 그날 있었던 일을 썼어요. 야에는 제가 같이 가자고 졸라서 같이 가준 거고요.

야에: 생각보다 재미있어서 또 가볼까 생각 중이에요. 근데 리나는 계속 다닐지 고민된대요.

리나: 여러 가지를 경험해보고 결정하고 싶다는 생각이 들어서요. 내일은 아이싱 쿠키 만들기를 체험하러 가거든요. 만드는 데 성공하면 다음 달 호에 사진이 실릴지도 몰라요.

사회자: 정말 활동적이시네요!

야에: 요전까지만 해도 놀랄 정도로 건망증이 심해서 걱정했는데, 최근에는 또 뭐든 너무 의욕이 넘쳐서요. 과열되는

거 아닌가 보기에 조마조마했는데, 괜찮은 것 같아서 다행이에요.

사회자: 건망증요? 촬영 스케줄을 까먹거나 그런 건가요?

리나: 그건 너무 심하죠. 그 정도는 아니었어요.

야에: 그날 뭘 했는지, 어딜 갔고 누굴 만났는지, 그런 걸 몽땅 잊어버리곤 했어요. 본인이 나한테 말해준 내용에 대해 '내가 그런 말 했었나?' 하는 그런 일요. 병원에 가보는 게 좋지 않겠느냐고 했어요. 그래도 일에는 지장이 없어서 역시 리나답다는 생각은 들었어요.

사회자: 그건 정말 걱정이 되었겠네요. 깜빡했다고 하기에는 좀…….

야에: 그러니까요.

사회자: 리나 씨는 혹시 사차원 소녀?

리나: 아니에요. 이제 괜찮아요. 지금은 컨디션이 최고로 좋아요!

사회자: 그런 리나 씨, 최근에 더더욱 빛이 나고 계신데요. 그 미모의 비결은 무엇입니까?

리나: 글쎄요. 하루하루를 즐겁게 지내는 걸까요? 뭐든 즐기면서 열심히 하는 것. 싫은 일이 있어도 얽매이지 말고 마음에 드는 부분을 찾아내면 맘껏 기뻐하고, 문득 떠오른 일이

있으면 일단 해보려고 해요. 실패하면 어쩌지, 창피를 당하면 어쩌지 하면서 너무 깊게 생각하지 않도록 하고 있어요.

사회자: 훌륭하네요. 그럼 최근에 고민이 있다면?

리나: …….

사회자: 어? 뭔가 있으신가요?

리나: 지금은 특별히……. 하루하루가 즐거워서 고민은 없는데요. 고민 없이 앞만 보고 달려도 될까 가끔 불안해지긴 해요. 그게 고민이라면 고민일까요?

사회자: 그렇군요. 고민할 여유도 없을 정도로 매일 온 힘을 다해 전진하는 리나 씨였습니다. 야에 씨, 그리고 리나 씨 고맙습니다. 그럼 다음 코너는…….

인터넷에서 제공되는 인터뷰 동영상을 멈췄다. '이야기하면서 상반신이 살짝 움직이는 건 별로 보기 안 좋네' 하고 반성하면서 화면을 닫았다.

자신들이 나오는 잡지는 전부 사서 본다고 아오와 료쿠도 말했다. 스스로를 정말 사랑한다며 그들은 웃고 있었지만 자신이 출연한 매체를 체크하는 것은 객관적으로 스스로를 판단하기 위한 중요한 작업이다. 리나도 최근에는 가능하면 확인해서 반성할 점이나 개선할 점을 찾으려 하고 있다.

(고민이라……)

인터뷰에서 나온 질문을 떠올렸다.

매일이 즐겁고 고민은 없다고 대답했다. 그 대답은 거짓말이 아니었다. 아오와 료쿠 덕분에 스스로의 의식도 많이 변했고 하루하루를 보람되게 살고 있다. 하지만 불안감은 있다.

과거의 리나는 뭔가 고민이 있었을 것이다. 단지 그것이 무엇이었는지 까먹고 있을 뿐이다.

두 형제와 함께하는 매일이 너무나 즐겁기 때문에 더욱더 지난날의 자신이 그들에 대한 기억을 지웠던 사실이 갖는 의미에 대해서 생각하게 된다.

북마크해둔 도시전설 사이트의 게시판으로 들어가 며칠 전에 자신이 올린 질문을 열었다.

'기억술사가 언제 어디에 나타나는지 정해져 있나요? 불러오는 의식이나 그런 게 있으면 좀 알려주세요. RINA.'

기억술사는 유명하지 않은 도시전설인데도, 이 글에 반응을 보이는 사람들이 있어서 수상하기는 하지만 몇 가지 정보를 얻을 수 있었다. 그 정보는 '어딘가 공원 벤치에서 기다리면 온다'는 둥, '진심으로 필요로 하는 사람 앞에 나타난다'는 둥, '불러내기 위한 특별한 주문이 있다'는 둥, 그런 식이었다. 하지만 실제로 도움이 될 만한 정보는 없었다. 그렇다고 국내에 있는 모든 공원을 돌아다니면서 벤치에 앉아 있을 수도 없는 일이었다.

'RINA 씨 전에도 같은 질문을 하지 않으셨나요? 이름이 같을 뿐 다른 RINA 씨이신가요?'

댓글 중에 그런 내용을 발견하고 당황했다.

이용자가 자주 바뀌는 사이트이고 게시판 글이 뒤로 넘어가는 속도도 상당히 빠르다. 현재 표시되어 있는 페이지에는 보이지 않지만, 기억을 잃기 전 리나도 이 사이트에 비슷한 글을 남긴 적이 있는 모양이었다.

'죄송해요!()_() 여기저기 사이트에 글을 올렸거든요. 어디 사이트에 글을 올렸는지 잘 기억이 안 나요.'

핑크색 글로 댓글을 남겨 얼버무렸다.

도시전설 속 괴인의 존재를 믿다니 아무리 생각해도 말이 안 되는 이야기지만, 그 외에는 아무것도 떠오르지 않았다. 자신의 기억이 일부 상실되었다는 것은 부정할 수 없는 사실이고, 그 이유라고 여겨지는 것은 이전에 자신이 수소문했다는 '기억술사' 외에는 없다.

이유는 알 수 없지만 이전의 리나는 '사이언' 두 형제를 잊고 싶어 했다. 그래서 '기억술사'에게 두 사람과의 기억만을 지워달라고 한 것이다. 그렇게밖에 생각이 되지 않았다. 그렇지 않다고 해도 리나에게는 그것 말고는 할 수 있는 일이 없기 때문에, 그렇다는 전제하에 행동할 수밖에 없다.

'기억술사'가 진짜라면 다시 한 번 만나야만 한다. 어떻게 해서든 찾아내서 물어봐야 한다.

(이미 벌써.)

리나는 이미 그들이 좋아지기 시작했다. 이대로 함께 있으면 틀림없이 더더욱 좋아지게 될 것이다.

왜 과거의 자신이 그들과 보낸 시간과 좋아했던 기억을 잊고 싶어 했는지, 그것을 알아야 한다. 손을 쓸 수 없어지기 전에 서둘러야만 한다. 되돌릴 수 없게 되기 전에.

잊어야 하는 이유가 있다면.

*

리나가 이른 점심시간에 형제의 집에 찾아갔을 때 아오는 식탁에서 샐러드와 잼을 바른 토스트를 카페오레와 함께 먹고 있었다. 혼자 먹고 있다는 것은 료쿠는 제시간에 일어나서 아침을 먹었다는 뜻이다.

"리나야, 기껏 와줬는데 보기 안 좋게 미안해. 아오가 거의 해 뜰 때 잤거든. 그래서 일어난 지 얼마 안 됐어."

"힘들겠다. 또 작품 하는 거야?"

"아니, 예전에 좋아했던 게임을 다시 해봤는데 멈출 수가 없었다나 뭐라나. 그러니까 동정해주지 않아도 돼."

"료쿠! 너무 매정한 것 아니야?"

토스트에서 흘러내릴 정도로 듬뿍 바른 블루베리 잼을 핥으면서 식사 중인 아오가 항의했다. 료쿠는 "제대로 아침에 일어났으면 아침밥도 두 사람 분량을 만들었을 거 아니야" 하며 냉담하게 대답했다.

"리나야, 이거 받아. 프랑스 다녀온 사람한테 선물로 시나몬 스틱 받았거든. 시나몬 싫어하지 않으면 써봐."

"고마워, 료쿠 오빠."

료쿠는 언제나 신사적이고 리나에게도 매우 자상하다. 부담스럽지 않은 배려와 위트가 넘치는 대화로 잠시도 리나를 지루하게 하지 않는다. 그러면서도 한순간이라도 시끄럽다고 느끼게 하는 일이 없었다. 아오한테는 빈정거리는 말투로 말하기도 하고 의외로 거칠게 대하는 경우도 있기 때문에, 리나는 특별한 대우를 받고 있다는 생각이 들었다.

단순히 여자이기 때문일지도 모르지만, 그래도 료쿠가 다정하게 대해주면 순수하게 기쁘고 마음이 놓였다.

"이 잼 맛있다. 어디서 샀어? 아, 해러즈 건가? 누구한테 받은 거구나? 이 잼으로 홍차 마셔야지."

잼이 든 유리병의 라벨을 훑어본 아오는 스푼을 병에 집어넣고는 진한 색의 잼을 푹 떠서 입에 넣었다. 료쿠가 "입 닿은 스푼 병 안에 넣지 마!" 하고 일침을 가했다.

"잔소리꾼 료쿠!"

"홍차 마실 거면 네가 해."

"치사해."

아오는 료쿠보다 아이 같다. 버릇이 없고 제멋대로 굴고 주변 사람들은 안중에도 없이 뭔가 떠오르면 바로 행동으로 옮긴다. 리나가 와도 특별히 신경 쓰는 눈치도 아니고, 이야기를 나누다 말고 갑자기 자리에서 일어나 방으로 들어가버리는 경우도 있었다. 그럴 때는 대개 료쿠가 변명하듯 설명해주지만 리나도 이미 익숙해졌다. 아오의 행동은 돌발적이고 그렇기 때문에 잠시도 눈을 뗄 수가 없다.

"아, 맞다."

잼 토스트를 먹어치우고 잼이 묻은 손가락을 빨면서 뭔가 떠올랐다는 듯이 아오가 자리에서 일어났다.

"아오, 그릇 치워."

"네, 네."

료쿠가 눈을 흘기자 아오는 되돌아와 식기를 설거지통에 가져갔다. 그러고 나서 잠시 자리를 비웠나 싶더니 뭔가를 갖고 다시 돌아왔다. 소파에서 커피를 마시던 리나에게 다가와 "리나야, 손 줘봐"라고 했다.

"응?"

시키는 대로 내민 리나의 손바닥에 푸른색 장식품을 올려놓았다.

섬세하게 가공된 푸른 비즈로 만든 꽃이었다. 커다란 꽃잎이 달린 삼색 제비꽃이었다.

"와, 예쁘다."

"그렇지?"

아오는 뿌듯하다는 듯 가슴을 쭉 폈다.

"내가 만들었어."

"뭐? 진짜? 대단해."

리나의 반응에 아오는 만족한 듯 보였다.

"지난번에 네 팔찌가 망가졌잖아. 기억하지? 그 비즈 알로 만들었어."

"응? 우아, 정말 대단해. 아오 오빠는 정말 뭐든 다 잘하는구나."

자세히 보니 세 종류의 푸른 비즈 알은 눈에 익은 색이
었다. 하지만 단순한 세 줄짜리 팔찌가 한번 풀리고 난 뒤
가치가 올라간 듯한 느낌이었다. 꽃잎은 이중으로 되어 있
고, 입체적인 꽃의 중앙은 팔찌 고리에 달려 있던 큰 비즈
로 장식되어 있었다.

"한 번쯤은 그런 거 만들어보고 싶었거든. 모아보니까
꽤 양이 되더라고. 만드는 건 재미있었는데 시간이 너무
걸리더라. 이젠 안 할래."

"이런 걸 만들 수 있어? 비즈 액세서리가 사려면 꽤 비
싸거든. 근데 이건 재료비만 든 거잖아. 누구나 다 만들 수
있는 건 아니야. 정말 재주 좋다, 아오 오빠."

"리나야, 진짜 잘하는 줄 아니까 칭찬 그만해."

"료쿠는 내가 얼마나 대단한지 모른다니까. 이제 그만
인정하시지그래? 아, 리나야. 머리핀 같은 거 없어?"

"응? 그냥 검은색으로 된 핀은 있어."

맥락도 없이 화제를 바꾸는 건 여전했다. 화장 파우치를
열어 심플한 머리핀을 꺼내자, "줘봐"라며 손을 내밀었다.
평평한 철을 구부린 아무런 장식도 없는 흔히 볼 수 있는
머리핀이었다. 핀을 받은 아오는 주머니에서 아주 가는 와

이어로 된 뭉치를 꺼내 들었다.

"잠시만…… 이렇게 해서."

리나의 손에서 비즈 장식품을 가져가서 만지작거리는 듯싶더니 돌돌 말아 순식간에 핀에 꽃 장식을 달았다. 그런 다음 전화기 옆 펜꽂이에 꽂혀 있던 가위로 와이어 끝을 잘랐다.

"완성. 자, 여기."

"와, 머리 액세서리네."

또다시 리나의 손바닥에 올려놓았다.

마치 마법 같았다.

"응, 줄게."

"나한테? 정말?"

"내가 갖고 있어도 뭐에 쓰겠어."

그런 식으로 간단하게, 대수롭지 않은 일처럼 예쁜 머리핀이 리나의 손안에 남았다.

아오 입장에서는 리나에게 선물했다기보다는 단순히 만들어보고 싶었을 뿐일 것이다. 만들고 나서 그저 만족하고 우연히 그 자리에 리나가 있었기 때문에 준 것이다.

그래도 역시 이런 선물을 받으니 기뻤다. 아무런 예고 없는 이벤트가 더욱 마음을 설레게 만들었다.

(나 절대로 더는 못 버틸 것 같아.)

이제는 좋아하지 말라는 것이 불가능하다. 이렇게 매력적인 두 사람과 함께하면서 좋아하는 감정이 생기지 않는다면 그게 더 이상한 이야기였다.

(나는 전에 누구를 좋아했을까?)

리나는 기억을 못 하고 있다는 것 자체가 너무 아까웠다. 분명 설레는 일이 많았을 텐데 하는 생각이 들었다.

왜 이렇게 멋진 사람들과의 기억을 지운 걸까? 왜 사라졌으면 하는 생각을 했을까?

(어떤 점이 힘들었던 거지?)

제대로 좋아하고 싶다. 좋아져도 분명 문제는 없을 것이다. 저 두 사람은 좋아해서는 안 되는 상대가 아니다. 그런데 왜 기억을 지워서까지 없었던 일로 하고 싶었던 걸까?

전혀 기억은 나지 않지만 머리가 아닌 마음속 어딘가에서 위기감 같은 것을 느낄 때가 있다. 그들이 좋아질 것 같은 순간에 먼 곳에서 위기 신호가 깜박거리는 것 같은 그런 느낌.

이대로 그들을 좋아하게 되면 상처를 받을 수도 있다고 머리가 아닌 어딘가에서 기억하고 있는 것일 수도 있다.

*

'인간은 원래 구체였어요.'

텔레비전에서 인기 여류 수필가가 그렇게 말했다.

'혼자서는 완성되지 않는 구체입니다. 그래서 우리는 불완전한 생물체인 겁니다. 연애는 구체의 한쪽을 찾는 일이라고 생각해요.'

'정말 멋진 말이네요.'

'실은 좋아하는 책에 쓰여 있던 말이에요. 그런데 정말 그렇다는 생각이 들어요. 인간은 누구나 불완전하기 때문에 서로를 채워줄 수 있는 한쪽을 계속해서 찾는 것이라고⋯⋯.'

"정말 멋진 말이네요!'라는데? 어떻게 생각해? 료쿠?"

소파에서 리나가 선물로 사 온 백도 셔벗을 먹고 있던 아오가 선전으로 바뀐 화면을 바라보면서 말했다.

"어떻다니, 뭐가?"

"그런 상품 같은 거 말이야, 다른 한쪽을 찾는 불완전한 구체. 그런 걸 모티브로 해서 애인이랑 커플로 나눠 갖는 상품. 뭔가 새로운 거 시작해보자고 했잖아. 해볼 만할 것 같은데?"

"너무 흔해."

"음, 그럼 향기 나는 건? '사이언' 브랜드로 비누나 향수, 그런 거!"

"말로 하긴 쉽지만……."

"연애 부적 같은 건 분명 여자애들이 좋아할 것 같은데. 역시 그렇잖아. 만들고 싶은 것만 골라서 만들면 그건 프로가 할 일이 아니잖아. 소비자 수요, 그런 것도 생각해야지."

"아오 입에서 그런 말이 나올 줄은 생각도 못 했는데? 무리하지 않는 게 좋을 것 같아."

"그야 난 만들고 싶은 것만 만들지만, 이왕 만드는 거 기뻐할 만한 걸로 만들고 싶잖아. 특히 여자애들이 좋아하는 거!"

"네네, 알겠어요."

가벼운 말투로 대화를 주고받으면서 두 사람은 다음 작품에 대한 이야기를 하고 있는 듯 보였다. 방해하지 않는 게 좋겠다 싶어서 조용히 보고만 있던 리나에게 아오가 갑자기 질문을 던졌다.

"리나는 어떻게 생각해? 현역 고등학생…… 아니다, 여대생으로서."

"응? 아, 뭐에 대해서?"

"여자애들 사이에서 유행하는 거나 어떤 걸 귀엽다고 느끼는지 그런 거. 마케팅 리서치랄까? 좀 알려줘."

료쿠는 완두콩 줄기를 벗기면서 잠시 아오가 하는 얘기를 듣고 있다가 작업이 끝났는지 소쿠리를 들고 주방으로 가버렸다. "리나야, 대강 대답해도 돼"라는 말을 잊지 않는 부분이 역시 료쿠다웠다. 아오는 료쿠의 등을 향해 혀를 내밀고는 다시 리나를 바라보았다.

그저 잡담이 아니라 진심으로 참고하고 싶은 걸까. 그렇다면 진지하게 대답해야겠다 싶어 리나는 신중하게 말을 골랐다.

"음, 여자애라고 해도 취향은 다들 제각각이니까…….
딱 보기에 노골적으로 귀엽다고 해서 다 좋아하는 건 아닌 것 같아."

"아, 그래? 하긴 요즘에는 하나도 귀엽지 않은 엽기적인 캐릭터도 '엽기적인데 귀엽다' 하면서 인기가 있으니까. 의외로 현실적이지 않은 캐릭터가 인기가 있고 그럴까?"

"음, 그건 진짜 개인적 취향의 문제니까. 나 혼자만의 의견이 도움이 될지 모르겠지만……."

"그럼 설문조사 같은 거 해볼까? 회사 기획부에서 제품 만들 때는 모니터 조사해서 알아본다고 하던데. 우리는 프리로 활동하니까."

소파에 철퍼덕 눕듯이 기대 있는 아오에게 리나는 전부터 궁금했던 질문을 했다.

"아오 오빠는 여자친구 없어?"

"지금은 없어. 반년 전에 차였어."

"아오 오빠가 차였다고?"

"그렇다니까. 못 믿겠지? 아깝게 말이야."

혼자 말해놓고 웃으면서 쿠션을 안아서 소파 위에서 무릎을 세웠다.

"근데 난 오래 못 사귀어. 매번 차여서 끝나는 것 같아. 왜 아이디어 같은 거 떠오르면 바로 방에 들어가버리고 머릿속에 떠오르는 생각을 다 얘기해버리니까."

무릎과 가슴으로 쿠션을 끼고 그대로 벌러덩 누워 옆으로 굴렀다. 아오가 리나를 올려다보는 자세를 취하는 건 흔치 않은 일이었다.

"데이트보다 일이 더 중요하고 둘이 밥을 먹을 때 료쿠가 해주는 밥이 더 맛있다고 한 적도 있거든. 사실이긴 했지만."

"아, 그건 좀……."

그 정도까지 되면 뭐라 할 말이 없었다.

리나가 다음 말을 잇지 못하자, "됐어. 뭐 나도 남자친구로서는 실격일지 모른다는 생각은 들어"라고 말하고 아오는 또 웃었다.

"여자친구랑 있는 것보다 일하는 게 재미있거든. 여자친구는 물론 좋아했지. 아무려나 상관없다, 그런 건 아니었어. 그저 일 순위가 아니었을 뿐이야. 그림을 그리거나 뭐 만드는 걸 더 좋아하는 것뿐인데 말이야."

"응⋯⋯."

"무슨 말인지 알겠어?"

"알겠어⋯⋯."

그건 아마도 어찌할 수 없는 일이리라.

리나는 얼굴도 이름도 모르는 아오의 전 여자친구를 떠올리고 조금 슬퍼졌다.

"좋아하는 감정이 다른 건데. 하지만 어느 쪽 하나를 선택하라고 한다면⋯⋯ 여자친구랑 만나는 것보다 료쿠랑 일하는 게 소중했다고 할까? 그건 용서할 수 없었나 봐. 그 애한테는."

아오는 입가에 살짝 미소를 띠었지만 조금 쓸쓸한 눈을 하고 있었다. 체념이 섞인 표정. 그에게서는 좀처럼 볼 수 없는 얼굴이었다.

리나는 그 여자의 기분도 알 것 같아서 아무 말 하지 못했다.

"아오 오빠가 잘못한 건 아니지만…… 아니긴 한데, 그렇지?"

겨우 뱉은 말이었다.

"응. 고마워, 리나야."

아오는 몸을 일으켜서 그렇게 대답했다.

그러고는 가라앉은 분위기를 바꾸려는 듯이 "그럼 아까 말한 리서치 말이야" 하고 밝게 말했다.

메모지와 펜을 가져와서 "좋아하는 것이 무엇인지 알려주세요. 색, 음식, 동물, 아티스트, 그리고 TV 프로그램, 옷 브랜드. 그 외에 이것저것, 최근에 괜찮았던 영화, 인상 깊었던 광고, 그리고 우리 작품 중에서 가장 좋아하는 것 하나. 자, 대답해주세요."

"아, 어렵다. 좋아하는 색은 핑크나 빨간색. 아, 하지만 내 몸에 치장하는 거면 그런 색은 메인으로 쓰지 않고 포인트로 쓰는 경우가 많습니다. 달콤한 디저트를 좋아하고요……. 좋아하는 동물은 강아지. 아티스트는 당연히 '사이언'이죠!"

"오! 보는 눈이 있으신데요?"

연기하는 듯한 말투와 과장된 표정으로 인터뷰 놀이를 하고 있자니, 료쿠가 삶은 감자를 간식으로 가져왔다.

"즐거워 보이는데?"

한껏 신이 난 두 사람을 보며 료쿠가 웃었다.

"저는 감자도 좋아해요!"

"나도 좋아해요!"

"네네, 알겠어요. 얌전히 드세요."

"아오 오빠, 감자 말고 또 좋아하는 건?"

아오가 썼던 펜을 들어 마이크처럼 그의 입가에 대면서 리나가 인터뷰 놀이를 이어갔다. 아오도 덩달아 대답했다.

"글쎄요. 오렌지, 코티지 치즈 크레이프, 프렌치토스트, 루콜라 샐러드, 크로켓, 그 외에 맛있는 거 다. 그리고 새로운 것 좋아해요. 하지만 옛날 것도 좋아하고요. 낮잠도 좋아하고 밤새는 것도 좋고 음악도 엄청 좋아합니다. 옛날 것도 새로운 것도 음악이라면 다 좋아요. 코르넬리우스(일본 음악가 오야마다 게이고의 활동명 – 옮긴이)도 좋고 퍼퓸(일본의 삼인조 테크노팝 그룹 – 옮긴이)도 좋아요. 카메라, 화구, 컴퓨터, 그리고 옛날 영화 같은 것도."

끝도 없이 '좋아하는 것'을 열거했다.

"아오 오빠는 좋아하는 게 참 많네" 하고 리나가 웃으며 말하자, 아오는 "응!" 하고 끄덕이며 감자를 크게 베어 먹었다. 엄지손가락에 묻은 가루를 빨아 먹고 "물론 리나도 좋아해"라고 너무나도 쉽게 툭 내뱉은 말에, 심장이 뛰었다.

(응……?)

이유는 알 수 없지만 그저 순수하게 기쁘지만은 않았다.

감자를 다 먹고 빈 접시를 주방으로 가져가자, "고마워" 하며 요리를 하고 있던 료쿠가 뒤돌아 접시를 받아주었다.

"료쿠 오빠는 나 좋아?"

"좋지, 물론."

좋지, 물론.

아오와 비슷한 목소리로 들은 똑같은 말.

아까 나눈 이야기를 듣고 있었는지 갑작스러운 질문에도 료쿠는 웃는 얼굴로 대답해주었지만 항상 느끼던 편안함은 느낄 수 없었다.

막연한 불안감이 쌓여갔다.

*

'기억술사님께.

꼭 만나고 싶습니다.

저를 기억하신다면 이 메일 주소로 연락 주세요. RINA.'

게시판에 수차례 글을 남겼다.

몇 명으로부터 그 의미를 묻는 댓글이 달렸고 전에 기억
술사를 만난 적이 있는지, 있다면 어땠는지 얘기를 좀 해
달라는 메일도 받았지만, 원하는 기억술사에게서는 연락
이 오지 않았다.

리나는 모니터 앞에서 양손으로 깍지를 꼈다.

서둘러야 한다는 생각에 가슴속이 타들어가는 감각이
느껴졌다. 때를 놓칠 것만 같았다.

(나는 둘 중에 누구를 좋아한 거죠?)

(무슨 일이 있어서 왜 잊으려고 한 거죠?)

(또다시 좋아해도 되는 걸까요?)

왜 이렇게 초조해지는지 불안했다.

묻고 싶은 말이 많았다.

존재하는지조차 확신이 없는데도 이렇게 매달리고 있는
자신이 우스워 보일 수도 있다. 하지만 지금 기억술사를
찾아내지 않으면 계속 그 생각에 묶인 채로 지내게 될 것
만 같았다.

*

약속한 시간보다 꽤 일찍 아파트에 도착했다.

오늘은 아오와 료쿠가 사는 아파트로 가는 길목에 있는 수입잡화 매장에 들를 작정으로 일찍 집을 나섰다. 하지만 하필 오늘 문이 닫혀 있어서 약속 시간까지 시간이 남아버렸다.

밖에서 만나는 것이 아닌 누군가의 집을 방문할 때는 조금 늦게 도착하는 정도가 적당하다고 어딘가 책에서 읽은 기억이 있다.

수없이 나열된 호수 중에서 '302'가 어디에 있는지는 이미 외워버렸다. 입구의 조작판을 내려다보면서 다른 곳에서 시간을 보내고 다시 올까 하는 생각을 하고 있었다. 그때 쓱 하고 옆에서 손이 다가와 숫자 버튼을 순서대로 눌렀다. 삑 하는 소리가 들리고 문이 열렸다.

고개를 들자 리나 또래 여자아이였다.

"들어가세요."

그녀는 먼저 안으로 들어가서 열린 문을 잡고 기다리고 있었다.

이 아파트에 사는 사람인 걸까. 차마 거절하지 못하고

"죄송합니다" 하고 그녀를 따라 유리문 안으로 들어갔다.

그녀가 꼿꼿한 자세로 엘리베이터 앞까지 걸어가자 마침 내려온 엘리베이터의 문이 열렸다.

하지만 무슨 일인지 그녀는 엘리베이터를 타지 않고 뒤를 돌아 로비에서 시간을 보내려고 남은 리나를 바라보았다.

"리나 씨죠?"

사실을 확인하는 듯한 담담한 어투로 말했다.

"아, 네" 하고 반사적으로 대답했다. 리나는 원래 또래 여자아이들에게 인기 있는 잡지의 독자 모델을 한 적이 있기 때문에, 얼굴과 이름을 안다고 해도 이상할 것은 없었다. 옷을 사러 들어간 매장에서 점원이 알은체를 한 적도 있었다. '잡지에서 봤어요'나 '팬이에요'라는 말이 이어질 줄 알았는데 그녀는 "삼 층요?"라고 물었다.

"네……?"

"모리시타 씨 댁에 가는 거죠?"

"아, 네."

대답하고 나서 아, 하고 깨달았다.

"아오 오빠나 료쿠 오빠랑 아세요?"

리나는 지금까지 이 아파트에서 다니면서 아오와 료쿠

외의 사람을 본 적이 없지만, 같은 아파트 주민이라면 아는 사이일 수도 있다고 생각했다. 모델인 '리나'와 친구라는 얘기를 이미 들었을 수도 있다.

웃는 얼굴을 하고 있는 리나를 보며 그녀가 대답했다.

"아니요, 저는 이 아파트 주민이 아니에요."

"아 근데…… 방금."

"비밀번호를 알려줬거든."

그녀는 누가 알려줬다는 얘기는 하지 않고 다시 리나를 쳐다보며 조용히 말했다.

"나한테 볼일 있었던 거 아니야?"

닫히기 시작한 엘리베이터 문을 '열림' 버튼으로 다시 열었다.

할 말을 잊은 리나에게 "어서, 타요"라고 재촉했다.

"기억술사……?"

말하고 나서 리나는 바보 같은 질문을 했다고 후회했지만, 그녀는 부정하지 않고 먼저 엘리베이터에 탄 후 손으로 다시 한 번 리나에게 손짓했다.

문이 닫히고 엘리베이터 안은 밀실 상태가 되었다.

그녀는 '닫힘' 버튼을 누른 후 다른 버튼에는 손대지 않았다. 일 층에서 멈춘 채로 갇힌 공간에서 먼저 입을 연 것은 그녀였다.

"틀림없이 지웠다고 생각했는데, 어떻게 여기에 있는 거죠?"

"역시…… 기억술사?"

"애써 지웠으면 그냥 지워진 채로 지내면 좋을 텐데. 뭐 어차피 지워진 사실도 지워졌을 테니 어쩔 수 없다면 어쩔 수 없는 일이지만."

"당신이 내 기억을 지운 건가요?"

그녀는 턱을 살짝 당기는 동작을 해 보였다. 끄덕였다는 것을 알 수 있었다. 긴장한 탓에 리나의 손끝이 차가워졌다.

"저는 왜…… 제 기억은…….."

묻고 싶은 것은 너무 많은데 무엇부터 물어야 할지 알 수 없었다. 제대로 말이 나오지 않았다.

숨을 들이마시고 내쉬었다.

"저는…… 당신에게 어떤 부탁을 했나요?"

첫 번째 질문을 겨우 입 밖에 냈다.

"말할 수 없습니다."

기억술사는 '닫힘' 버튼에서 손가락을 떼면서 말했다.

"묵비의 의무랄까요? 누구에게도 의뢰 내용을 말하지

않겠다고 약속했기 때문에, 지금의 당신과 예전의 당신은 같은 사람이 아니기 때문에 말할 수 없습니다. 제발 부탁한다고 하면 알려드릴 수도 있지만 그 후에 또 기억이 지워질 테니 결과는 같은 거죠."

"제가 아오 오빠랑 료쿠 오빠랑 친해진 사실을 지워달라고 했죠?"

"알고 계시다면 굳이 물을 필요가 있을까요?"

기억술사는 입술 양끝을 살짝 올리며 웃는 듯한 얼굴로 말했다. 검지로 일 층에서 칠 층까지 늘어선 버튼을 쓰다듬듯이 만졌다.

"저는 왜 당신께 의뢰했을까요?"

두 번째 질문이었다. 심장소리가 너무 커서 더 초조해졌다.

"그것도 이미 알고 계신 것 아닌가요?"

손가락이 삼 층 버튼 위에서 멈췄고 눌렀다. 버튼에 불이 들어오면서 엘리베이터가 움직이기 시작했다.

매일같이 느끼는 공중에 가볍게 뜨는 느낌이 오늘따라 시야를 흔들었다.

료쿠. 아오. 기분 좋은 공기. 사람을 끌어당기는 미소.

(료쿠한테는 내가 있잖아.)

실연당했다고 테이블 위에 엎드려 한탄을 하던 건 누구
였지?

(근데 난 오래 못 사귀어.)

반년 전까지 아오와 사귀었다고 하는 누군가의 심정을
알 것 같다는 생각이 들었다. 그때…….

(인간은 원래 구체였어요.)

연애는 구체의 다른 한쪽을.

(물론 좋아했지.)

'좋아하는 감정이 다른 건데' 하며 쓸쓸하게 말했다.

불안했던 건 이미 알고 있었기 때문이었다.

이대로 좋아지게 된다면 분명 상처받을 것이라는 예감
이 들었다.

"맞아."

갑자기 몸이 가벼워지는 느낌이 들더니 엘리베이터가
멈췄다. 기억술사는 무표정한 얼굴로 열리기 시작한 문을
등지고 말했다.

"그래서 내가 먹어준 거야."

문이 열렸다.

리나는 걸음을 뗄 수 없었다.

기억술사는 등을 돌린 채 엘리베이터에서 나와 리나를

위해 길을 열어주었다.

엘리베이터 안에 혼자 남은 리나는 휘청거리면서 눈부신 복도로 걸어 나왔다.

리나를 인도하듯이 엘리베이터에서 내린 기억술사는 이제는 혼자 가라는 듯이 앞으로 걷기 시작했다. 가벼운 발걸음으로 계단을 걸어 내려가버렸다. 금세 모습은 보이지 않았다.

리나는 302호 문 앞에서 잠시 동안 움직이지 못하고 있었다.

아오와 료쿠는 특별한 존재였다.

함께 있는 것만으로도 행복했다. 반짝거리는 두 사람 옆에서 자신도 그들과 같이 빛날 수 있을 것 같다는 생각이 들었다.

모델로서 또 한 사람으로서 성장하고 싶었고, 매력적인 사람이 되고 싶다는 생각을 했다. 그렇게 생각하기 시작하고 나서 매일을 알차게 보냈다. 하지만 본심은 그 둘이 그런 자신을 봐줬으면 하는 것뿐이었다.

지금보다 더욱 멋진 여자가 되면 둘과 더 가까워질 수 있을 것 같은 생각이 들었지만, 리나가 아무리 애를 쓴다

해도, 지금보다 훨씬 더 멋진 사람이 된다고 해도, 원하는 것을 손에 넣을 수는 없다.

리나는 아오가 아니다. 물론 료쿠도 아니었다.

그것이 다였다.

그 사실을 알아차린 것이다.

항상 들고 다니는 것보다 조금 큰 핸드백에는 아오에게 빌려주기로 한 소설 번역서가 들어 있었다. 하지만 그 존재를 잊어버릴 정도로 무게가 느껴지지 않았다. 대조적으로 몸이 무겁게 느껴졌다. 얼어버린 것처럼 다리도 손가락도 움직여지지 않았다.

팔을 들어서 눈앞에 있는 벨을 누를 수조차 없었다.

두 사람이 지금 리나를 어떻게 생각하는지 알 수 없다. 적어도 싫어하지는 않을 것이다. 사귀어달라고 리나가 부탁하면 어쩌면 들어줄지도 모른다. 하지만 분명 오래가지는 않을 것이다.

그 사실을 알아버렸다. 사랑을 해서 성취를 하더라도 그 결말이 보인다.

그러니 이제 더는.

철커덕하면서 안에서 문이 열렸다.

"응? 리나야."

얼굴을 내민 것은 아오였다.

리나는 깜짝 놀라서 한 발짝 물러났다.

"왜 그래? 아, 지금 온 거야? 갑자기 감자 칩이 먹고 싶어져서 지금 사러 가려고…… 리나야?"

운동화 발꿈치를 고쳐 신으면서 나온 아오는 리나의 얼굴을 보고 고개를 갸웃거렸다.

"무슨 일이야? 들어와."

"아니야……."

"안색이 별로 안 좋은데?"

"아오야" 하고 부르는 료쿠의 목소리가 안쪽에서 들렸다.

"리나 왔어?"

료쿠도 얼굴을 내밀었다. 아오가 대답하기도 전에 리나는 그들의 반대쪽을 향해 뛰었다.

둘에게서 등을 돌리고 도망치듯이 뛰었다.

"리나야!"

놀라서 이름을 부른 것은 누구 목소리였을까?

왜 도망을 치고 있는지 스스로도 알 수 없었다. 단지 지금 두 사람의 얼굴을 볼 수 없다고 생각했다. 아무렇지 않은 듯 행동할 자신이 없었다.

계단을 뛰어 내려갔다. 로퍼 구두 바닥이 콘크리트 위에서 소리를 냈다. 삼 층에서 단숨에 뛰어 내려왔다. 난간 너머로 바깥 풍경이 눈에 들어왔다. 지상이 눈앞에 있었다.

숨을 들이마시자 가슴에 통증이 느껴졌다. 물리적인 고통과 그렇지 않은 고통이 동시에 느껴졌다.

그 기억술사가 말한 대로였다.

잊은 채로 두 사람을 다시 만나지 말걸 하는 후회가 들었다. 어차피 이렇게 다시 한 번 느끼게 될 바에야 만나지 말걸.

이전의 자신이 좋아했던 것이 아오였든 료쿠였든 결과는 같았다.

(어차피 절대로 일 순위는 될 수 없어.)

연애가 정말로 구체의 반쪽을 찾는 것이라고 한다면 저 두 사람과는 진정한 연애를 할 수 없다.

좋아한다는 그 말에 거짓은 없을 것이다. 하지만 리나는 알고 있었다. 그들이 말하는 리나를 향한 '좋다'는 것은 오렌지나 프렌치토스트와 동등한 '좋다'인 것이다.

좋아하는 것을 꼽을 때 아오는 료쿠의 이름을 대지 않았다. 일부러 말할 것도 없이 각별하고 특별한 '다른 한쪽'이기 때문이다.

두 사람은 이미 그것을 갖고 있기 때문이다.

"리나야! 기다려봐, 리나야."

밖으로 뛰어나와 횡단보도 바로 앞까지 왔는데 누군가가 소리쳐 부르는 소리가 들렸다. 무의식적으로 뒤를 돌아보았다. 쫓아오는 아오와 그 몇 미터 뒤에서 쫓아오는 료쿠의 모습도 보였다.

뒤를 돌아본 리나의 얼굴을 보고 아오는 놀란 듯했다. 아마도 꽤나 한심한 얼굴을 하고 있었겠지. 변명을 할 수도 없고 아무런 생각조차 들지 않았다.

쫓아오지 않았으면 좋겠어.

뛰어서 쫓아올 정도로는 나를 생각해준다고 해도.

다시 뛰기 시작했다. 깜박이는 초록색 신호가 보이자 두 사람이 횡단보도에 도달하기 전에 건너편으로 길을 건넜다. 이대로 뛰어 도망쳐서 다시 한 번 잊고 싶었다.

료쿠도 아오도 잘못한 것은 하나도 없다. 그렇기 때문에 누구의 탓도 할 수 없다. 리나가 길을 건너기 직전에 신호는 빨간색으로 바뀌었다. 리나는 그대로 인도로 뛰어 올라갔다.

"리나야!"

부르고 있다. 아마도 저 목소리는 아오다.

오가는 자동차의 흐름, 차도를 사이에 두고 건너편에서

부르고 있다. 미안하다는 말만은 하고 싶어서 뒤를 돌아보았다.

"리나야!"

그 목소리가 생각지도 못하게 선명하게 들렸다.

아오가 차도 건너편에서 사라졌다. 뛰어서 건너오고 있었다.

빨간 신호등이 보였고 횡단보도는 훨씬 먼 곳에 있었다.

"아오 오……."

"아오, 이 멍청이!"

급브레이크 소리가 들렸다.

아오는 신호도 아무것도 눈에 들어오지 않는 듯 리나를 쫓아 뛰었다.

그리고 이번에는 차도로 뛰어든 아오를 쫓아서 한 치의 주저도 없이 차도로 뛰어든 료쿠가 보였다.

귀가 고통스러울 정도로 날카로운 마찰음이 겹쳐졌다.

핸드백이 손에서 떨어져 툭 소리를 냈다. 리나는 또 움직일 수 없었다. 무슨 일이 있었는지 이해할 수 없었다.

차 문이 열리는 철컥 소리가 연이어 들렸다. 모르는 사람들이 운전석에서 뛰어나왔다. 누군가 다급하게 "구급차!" 하고 소리 질렀다.

못이 하나 빠져나간 것처럼 무릎이 꺾여서 리나는 털썩 주저앉았다.

구급차의 사이렌 소리가 들릴 때까지 리나는 그 자리에서 움직일 수 없었다.

*

그들에게는 태어날 때부터 이미 '다른 한쪽'이 준비되어 있었다.

이 세상에서 가장 처음 만난 존재를 이길 수 있을 리 없었다.

어떤 연애보다도 강한 끈이 있다. 가족간의 유대감과 연애는 종류가 다르다는 건 알고 있지만, 그래도 일 순위가 될 수 없다는 것을 알면서 계속 좋아하기란 쉽지 않은 일이다.

일단 좋아져버리면 중간에서 포기하기 어렵다. 처음부터 없었던 일로 할 수 있다면 얼마나 좋을까, 그렇게 기도하는 일 빼곤 아무것도 할 수가 없다.

그들을 사랑한 여자들은 모두 도중에 알아차린 것이다. 그들이 '또 다른 한쪽'을 이미 갖고 있다는 것, 그리고 그것은 처음부터 마지막까지 변하지 않으리라는 것도.

반년 전에 헤어진 여자친구와 데이트를 할 때보다 료쿠와 일을 할 때가 더 즐겁다고 아오가 말했다. 아오는 아마도 그 여자친구를 좋아했을 것이다. 다만 그녀보다 료쿠가 더 소중했던 것이다.

아오가 충동적으로 행동해도 료쿠는 무조건 받아준다. 아오도 그 사실을 충분히 알고 마음껏 응석을 부리는 것이다. 둘이 함께 작품을 만들고 서로가 서로를 필요로 하고 서로를 누구보다 잘 이해하고 있다. 다른 누구도 대신할 수 없는 존재다.

리나에게는 불가능한 일이다. 그런 그들을 그대로 받아들이고 사랑할 수 있는 여자가 언젠가 나타날지도 모른다. 하지만 그것이 리나는 아니다.

두 사람은 병원으로 옮겨졌다. 사고 차 운전자가 다행히 베테랑 운전자여서 바로 브레이크를 밟고 핸들을 꺾은 덕에 둘 다 찰과상과 염좌 외에 외상은 없고, 뇌진탕을 일으킨 아오도 바로 눈을 떴다고 한다. 목숨에 지장은 없다는 이야기를 듣고 리나가 우는 바람에 간호사들이 당황해했다.

(간호사분들이 참 친절했어.)

그 당시 일이 잘 기억이 나지 않는다. 단지 처음에 다행이라고 몇 번 말한 뒤 연이어 죄송해요, 하면서 울었던 기억이 어렴풋이 난다. 그러고 나서 간호사분들이 의자에 앉혀주고 마실 것을 가져다주었다. 그것만 기억하고 있다.

그날은 무서워서 둘을 만나지 못하고 집으로 돌아갔다.

오늘은 핑크색 튤립을 손에 들고 만나러 왔다.

눈물은 병원에서 몽땅 다 흘려서 바닥이 났는지 집에 와서는 더 이상 눈물이 나지 않았다. 단지 여러 생각들을 한 후 잠깐 눈을 붙였다.

아침이 되자 눈이 부어서 얼굴이 엉망이었지만 조금은 후련하다는 생각이 들었다. 그래서 이렇게 두 사람을 만나러 온 것이다.

'모리시타 님'이라고 종이 이름표가 붙어 있는 병실 문을 노크했다. 문은 두껍고 작은 소리밖에 들리지 않았지만 안에서 "들어오세요"라는 소리가 들렸다.

미닫이문을 열자 침대에 등을 기대고 상반신을 세워 앉아 있던 료쿠와 눈이 마주쳤다.

"료쿠 오빠……."

"와준 거야? 고마워. 놀라게 해서 미안해."

두 대씩 마주 보고 놓여 있는 네 대의 침대 중 두 대는 비어 있었다. 들어가서 오른편 두 침대 중 안쪽 침대에 료쿠가 앉아 있고 바깥쪽 침대에 아오가 자고 있었다. 아오는 오늘 아침에는 아직 눈을 뜨지 않았다고 했다.

료쿠는 부자연스러울 정도로 아무 일 없다는 듯이 웃는 얼굴로 리나를 반겨주었다.

"미안, 아오는 아직 자고 있어서. 금방 일어날 것 같긴 한데. 어젯밤에 난생처음 입원해본다고 흥분해서 밤을 샜거든."

"밤을 샜다고? 병원에서?"

"응. 소등 시간 지나고 나서 탐험하자고 졸라서. 근데 이번만은 내가 말렸지."

밝게 이야기하는 료쿠가 너무나도 평소와 같아서 소독약 냄새가 나는 새하얀 병실이 어울리지 않았다.

리나가 어색해한다고 느꼈는지 료쿠는 방긋 웃으면서 "튤립, 예쁘다"라고 말했다.

"아……. 꽃병에 꽂아서 올게."

도망칠 구실이 생겨버렸다. 일단은 사과를 하려고 했지만, 아오는 자고 있고 료쿠도 사건에 대해서는 전혀 언급

하지 않으니 타이밍을 놓쳐버렸다.

튤립과 꽃병을 안고 리나가 문을 열고 나가려고 할 때 료쿠가 "리나야" 하고 불렀다.

"네 잘못 아니야, 알지?"

리나가 뒤를 돌아보려고 하는 바로 그 순간, 절묘한 타이밍이었다. 리나는 마저 돌아보지 못한 채 그대로 멈춰서서 "꽃 꽂아서 올게"라는 말만 겨우 내뱉고 자리를 떠났다. 아오를 깨우지 않도록 조용히 문을 닫았다.

정말 이런 상황에서도 료쿠는 료쿠다웠다. 언제나 세심하게 적절한 배려를 하는 사람이다.

그저 사람이 좋은 건지 버릇이 들어버린 건지 알 수 없지만 료쿠는 언제나 그랬다.

그가 그답지 않게 행동한 것은 그때뿐이었다. 신중한 그답지 않게 본능적으로 아오를 따라 차도로 뛰어들었다.

료쿠는 언제나 리나를 배려하고 소중하게 대해주었다. 그래서 혹시나 나를 특별하게 생각하는 게 아닐까 하는 생각을 한 적도 있다. 하지만 아니었다. 료쿠는 리나뿐 아니라 아오를 제외한 다른 모든 사람에게 마음을 쓰고 다정하게 대하는 사람이다. 특별한 것은 아오였다. 아오만이 특별했다.

아오에게도 료쿠에게도 서로의 존재만이 특별했다.

그것은 누구에게도 본인들에게도 어찌할 수 없는 일이다.

테두리에 분홍색 레이스 무늬가 들어간 흰 꽃병을 한 번 가볍게 씻어낸 후 물을 채웠다. 튤립은 그 꽃병에 꽂기에는 조금 길어 보였다. 옆으로 퍼뜨려서 보기에 풍성해 보이도록 했다.

조심스럽게 가슴에 안고 병실 앞까지 오자 안에서 어렴풋이 말소리가 들렸다.

"……니까, 잘된 거 아냐? 한번 입원도 해보고 싶었고."

"입원할 만한 일도 아니었던 것 같은데? 굳이 말하자면 입원 체험?"

"뭐야, 그게."

그리고 들리는 웃음소리. 이 소리는 아마 아오 목소리다. 그사이에 일어난 모양이었다.

"뭐……. 그런 걸로, 이번 일은 크게 다친 것도 아니니까 이제 언급하지 않는 걸로 하자. 그건 그렇다 치고…… 질문 하나."

"뭐?"

"아오 너 오렌지 좋아하지?"

"응."

"그럼, 장을 보고 집에 오는 길에 봉투가 찢어져서 방금 산 아주 달고 맛있는 오렌지가 도로에 흩어졌다고 생각해봐."

"헉! 상상만 해도 눈물이 날 것 같은 시추에이션."

그들은 또 이해할 수 없는 이야기를 하고 있는 듯했다.

복도에 선 채로 아오와 얼굴을 마주하면 뭐라고 말해야 할지 고민했다. 망설여봤자 방법은 없었다. 일단은 얼굴을 보면 생각했던 대로 무조건 사과를 하자.

숨을 고르면서 꽃병을 가슴으로 받치듯이 고정하고 노크를 하려고 오른손을 들었다.

"오렌지는 둥그니까 당연히 잘 구르겠지. 그럼 아오 넌 어떻게 할래?"

"그거야 줍겠지. 주울 수 있는 만큼 전부 다."

"굴러간 건?"

"쫓아가야지."

"그럼…….."

"오렌지가 차도로 굴러갔다면?"

리나는 들어 올린 오른손이 문에 닿기 직전에 멈췄다.

꽃병을 잡고 있던 왼손에 저절로 힘이 들어갔다.

"그렇다면 아오 너는 쫓아갈 거야?"

리나가 각오를 다지거나 그 자리에서 움직이거나 할 새도 없이 아오는 바로 명쾌하게 대답했다.

"쫓아갈 리 없잖아. 아무리 좋아해도 내가 애도 아니고."

료쿠는 웃고 있는 듯했다.

아오는 당연한 얘기를 왜 묻느냐는 듯이 말을 이어갔다.

"위험하고 귀찮잖아. 나 그렇게 먹보 아니거든? 물론 오렌지는 좋아하지만."

"응, 알아."

"참 이상한 질문을 하네."

노크를 하려고 든 손으로 입을 가렸다.

병실 안에서 작은 웃음소리가 새어 나왔다.

그렇지, 그때 아오는…….

(나를 쫓아서 뛰어와주었지.)

아오를 따라 뛰어든 료쿠의 행동은 두 사람 사이에 있는 무언가를 깨닫게 했고, 그 깨달음이 너무 강렬하게 마음속에 남아 있어서 다른 일까지 생각할 겨를이 없었다.

왜 지금까지 그 사실을 깨닫지 못한 것일까?

아오는 리나를 쫓아와주었다.

신호등을 보지도 않고, 리나가 뛰어간 이유를 모르는데

도, 쫓아와주었다.

(일 순위는 아니더라도.)

리나는 오렌지와 같지 않았다.

"아 맞다, 리나가 돌아오면 지난번 인도커리 가게 같이 가자고 해보자. 퇴원 기념으로."

"아직 퇴원도 못 했잖아."

"금방 할 거야. 아마 오늘 퇴원하는 것 아니었나?"

오른손 소매로 고인 눈물이 흐르기 전에 눈가를 닦았다.

애써 료쿠가 신경 써주었는데 사과도 하기 전에 울어서는 안 된다.

(고마워.)

얼굴을 보고 이렇게 말하면 분명 '뭐가?'라고 되물을 테니 마음속으로 몇 번이고 되뇌었다.

둘 다 정말 좋다.

여전히 너무 좋은 그들과의 기억을 지우고 싶다는 생각은 들지 않았다.

두 번 다시 기억술사를 만날 일은 없을 것이다.

마지막으로 기억술사를 떠올려보려 했지만 어떤 사람이었는지 얼굴도 목소리도 떠오르지 않았다. 상관없다고 생각했다.

앞으로 자신을 일 순위로 좋아해줄 수 있는 누군가를 찾자. 가장 좋아하고 가장 소중한 '다른 한쪽'을. 그러다 헤어지면 테이블에 엎어져서 울자. 그러면 분명 저 두 사람이 나를 위로해줄 것이다.

이렇게 멋진 두 남자가 연애 고민을 들어주는 것만으로도 얼마나 사치스러운 일인가.

그날이 기다려졌다.

리나는 숨을 고르고 가슴을 쭉 펴고 문을 열었다.

현재 이야기 2

대학 캠퍼스를 나와 역 앞 패밀리 레스토랑에서 리나는
몇 개월 전에 있었던 일에 대해서 이야기해주었다.

　기억술사와 나눈 대화 내용은 어렴풋이 기억이 나는데,
얼굴이나 목소리는 기억이 나지 않는다고 했다. 그래도 기
억술사를 만났고 그 일을 일부라도 기억하고 있는 사람은
귀중하다고 이노세는 말했다.

　리나는 게시판에 기억술사에게 연락을 달라고 글을 남
겼지만, 그 후에 어떻게 실제로 접촉하는 데 이르렀는지는
수수께끼로 남아 있다고 했다.

　리나의 글을 본 기억술사로부터 연락이 온 것이라면 증
거가 남아 있을 법도 한데, 스마트폰에도 컴퓨터에도 그런

것으로 추측되는 메일은 없었다고 리나는 말했다. 기억술사의 지시에 따라서 삭제했을 수도 있고 다른 방법으로 연락을 주고받았을지도 모른다.

리나에게 기억술사의 이야기를 전한 사람이 가까이 있다면 그 사람을 통해 기억술사에게 연락이 닿았을 수도 있고, 그 이야기를 한 것이 기억술사 본인이었을 가능성도 있다. 기억술사가 이 동네에서 활동하고 있다는 것을 전제로 하면 충분히 있을 수 있는 이야기였다.

"도움을 못 드려서 죄송해요."

"아니요……. 귀중한 얘기 들려주셔서 고맙습니다."

이야기를 끝내고 죄송하다는 듯이 말하는 리나에게 이노세는 도리질을 해 보였다.

그는 설탕을 듬뿍 넣은 커피에는 전혀 손을 대지 않았다. 계속 리나의 이야기를 진지한 얼굴로 듣고 있었다.

"기억술사가 어떤 기억을 지웠는지 기억하는 것만으로도 흔치 않은 일이에요. 대개 사람들은 기억이 지워진 것조차 기억을 못 하거든요. 당사자에게 직접 이야기를 듣게 되어서 큰 도움이 됐습니다."

이노세는 기억술사에 대해 부정적인 말은 하지 않았다.

리나는 이노세가 그저 순수하게 기억술사에 대해 호기

심이 있거나, 어쩌면 지우고 싶은 기억이 있어서 기억술사를 찾아다니는 거라고 생각할 수도 있었다.

나쓰키도 아무 말 하지 않았다.

리나는 이노세가 기억술사의 정체를 밝혀내서 활동을 막길 원하지 않을 것이다. 그녀가 기억술사를 두려워하지도 원망하지도 않는다는 사실은 그녀의 이야기에서 느낄 수 있었다.

나쓰키도 바라는 것은 아니었다.

리나는 나쓰키를 바라보았다.

"너는 전혀 기억이 안 나?"

"기억이 사라진 건 알고 있는데요, 기억술사를 만난 건 전혀……."

"그렇구나."

나쓰키는 자신이 원해서 지운 것은 아닌 것으로 추측되기 때문에 리나와는 사정이 달랐다. 그러나 기억이 지워진 동지라는 점에서 리나는 친근감을 느끼는 것 같았다.

이야기를 꺼내기 쉬운 분위기가 만들어진 김에 나쓰키가 물어보았다.

"선배님은 한번 기억을 지운 후에도 또다시 두 사람이 좋아졌고…… 기억술사를 또 한 번 만났잖아요. 하지만 그때는 기억술사가 두 사람에 관한 기억을 지우지 않은 거죠? 다시 한 번 지워줬으면 하는 마음이 있었어요?"

기억술사에게 의뢰한 것을 후회하는지, 기억을 지운 것을 긍정적으로 생각하는지 어떤지 묻고 싶었다. 그건 아마도 이노세도 궁금했을 것이다. 실제로 기억이 지워졌다는 자각이 있는 그녀에게 답을 듣는 것에 의미가 있을 것이라고 생각했다.

이노세도 리나를 뚫어져라 보며 대답을 기다렸다.

리나는 웃으면서 아니라고 부정했다.

"충동적으로 잊고 싶다는 생각은 했을지도 모르지만, 지금은 그렇게 생각하지 않아. 실연의 기억은 아프지만 행복했던 시간까지 사라진다면 너무 아깝잖아."

절반 정도 남은 카페오레 잔을 들어 마셨다.

컵에 립스틱 자국이 남았다. 잡지 속 그녀에게서 주로 보이던 핑크색이 아닌 조금 어두운 로즈 컬러였다. 리나는 손끝으로 립스틱 자국을 닦아냈다.

"사실과 진지하게 마주하면서 한 걸음 정도 성장한 건가 하는 생각이 지금은 들기 때문에 두 번째는 지우지 않아서 다행이라고 생각해."

날카로운 눈으로 이노세가 물었다.

"후회하시나요?"

"그렇죠. 바보 같은 짓을 했다고 생각하죠. 너무 어렸던 것 같아요. 하지만 후회랑은 조금 다른 것 같아요."

리나는 시선을 위아래로 움직이면서 이어갈 말을 생각하고 있었다.

"잘못했다는 건 알고 있어요. 반성에 가깝다고나 할까요? 자업자득이지만 지워버린 건 좀 안타깝죠. 좋아진 것도 실연한 것도 나 자신이고 소중한 기억인데 말이죠."

리나는 눈을 감았다가 천천히 떴다.

"기억을 지운 덕분에 그 사실을 알게 되었어요. 멋진 두 남자가 다정하게 대해줘서 공주가 된 기분으로 들떠 있었어요. 그때는 너무 즐겁고 행복해서……. 물론 그 시간들은 소중한 추억이지만 편하다고 해서 언제까지고 그곳에 머무를 수만은 없으니까요."

긴 속눈썹이 밑으로 처지자 볼에 그림자가 드리워졌다. 리나는 양손을 모아 커피 잔을 쓰다듬듯이 만지며 말했다.

"저는 두 남자에게 귀염을 받은 게 기뻐서 좀 더 가까이 다가가고 싶었지만 내 것이 될 수 없다는 사실에 혼자 상처받고 도망친 거예요. 철없는 행동이었지만 그 또한 저 자신이고, 그 일이 없었더라면 아마 평생 달라지지 않았을 거예요. 잘된 일이라고 생각해요."

그렇게 말하고 고개를 든 그녀가 갑자기 어른스러워 보였다.

이렇게 예쁜 사람이 실연을 당했다니 믿을 수 없다고 생각했지만, 실연으로 더 예뻐지다니 역시 모델다웠다.

"저기…… 그 두 사람과는 지금……."

"전처럼 사흘이 멀다 하고 놀러 가는 건 아니지만, 지금도 사이좋게 지내고 있어. 정말 좋은 친구."

나쓰키를 안심시키려는 듯 미소를 띠고는 리나는 시계를 확인했다. 이제 가야겠다며 가방에서 지갑을 꺼냈다.

이노세가 이야기 들려주셨으니까 괜찮다며 극구 사양했지만, 리나는 활짝 웃으면서 계산서에 500엔짜리 동전을 하나 올려놓았다.

"이제 그런 건 안 하려고요. 저도 마침 목말랐거든요, 그러니까 괜찮아요."

코트를 입고 가방을 손에 들면서 일어났다.

"아, 맞다. 하나 더. 기억술사에 대해서 생각이 났어요. 정확한 기억이 아니라서 오히려 더 혼란스럽게만 할지도 모르지만."

출구 쪽으로 향하려던 도중에 발걸음을 멈추고 돌아보

며 말했다.

이노세는 의자에서 엉거주춤 일어난 자세로 그녀를 올려다보았다.

"말씀해주세요. 뭐든지요. 어떤 작은 단서라도 좋습니다."

진지한 눈빛으로 리나의 말을 기다렸다.

"복장이나 헤어스타일은 아무것도 기억이 안 나는데 그냥 왠지……."

리나는 조심스럽게 이야기를 꺼냈다.

"기억술사는 아마 젊은 여자였던 것 같아요. 그런 기억이 어렴풋이 나긴 해요."

그러고는 이노세를 쳐다보며 물었다.

"도움이 될까요?"

"네, 충분히요. 고맙습니다."

테이블을 떠날 때 리나는 나쓰키에게도 미소를 지어 보였다.

일어서서 바른 자세로 걸어 나가는 뒷모습을 배웅했다. 그녀가 보이지 않자 털썩 자리에 주저앉았다.

옆에서 씁쓸한 표정을 짓고 있는 이노세를 슬쩍 바라보았다.

"……리나 선배는 기억술사를 원망하지 않는 것 같네요."

"그건 리나 씨 케이스가 그랬던 것뿐이지. 실연당했다고 해서 좋아했던 기억을 지우다니 너무 경솔한 짓이야. 범죄 피해자의 기억을 지우는 거랑은 얘기가 다르다고."

이노세의 날카로운 눈빛이 아까까지 리나가 앉아 있었던 자리를 향해 있었다.

기억술사에 의해 지워진 기억은 돌아오지 않는다고 도시전설 사이트에 쓰여 있었다.

다시 새로운 추억이 생긴다 해도, 다시 사랑을 한다고 해도 지워지기 전의 기억은 사라진 것이다. 리나는 그것을 자신의 나약함으로 받아들여 성장할 수 있었지만, 누구나 다 그녀처럼 좋은 계기로 삼을 수 있는 것은 아니다.

그녀 자신도 잘못된 선택이었다고 말했다.

하지만 후회도 하지 않는 듯 보였다.

잘못이었다고 느낄 수 있었던 것도 기억이 사라진 덕분이었고, 결과론에 불과할 수 있지만 그것 때문에 그녀는 성장할 수 있었던 것이다.

적어도 리나는 자신을 피해자라고는 생각하지 않는 듯했다.

(애초에 기억술사 사건에 피해자가 존재하긴 하는 것일까?)

의뢰를 받아서 기억을 지우는 것은 서로 동의한 일이기

때문에 가해자와 피해자의 관계라고는 할 수 없다.

이노세의 지인은 예전에 원치 않게 기억이 지워졌다고 하지만, 기억술사를 찾고 있는 사람 안에 있는 자신에 관한 기억을 지우는 것은 말하자면 기억술사의 '정당방위'이다. 이노세의 지인도 순수한 피해자라고는 할 수 없을 것 같다는 생각이 들었다.

하지만 어느 날 갑자기 지인의 기억이 사라졌다는 이노세에게 그런 이야기는 차마 할 수 없었다.

"어쩌면 이건 찬스일지도 몰라. 기억술사는 가벼운 마음으로 기억을 지우려는 사람은 상대도 안 하는 줄 알았는데, 실연을 당했으니 기억을 지워달라는 정도의 의뢰도 받아준다는 사실을 알았어. 생각보다 간단하게 기억술사는 움직인다는 얘기지."

나쓰키가 신경을 쓴다고 생각한 것일까, 이노세는 언제나 보여주던 웃는 얼굴로 이렇게 말하며 계산서를 들고 일어섰다. 이미 밖은 어두웠다.

"가타야마 리나 외에도 기억술사를 찾고 있는 사람이 있어. 기억술사가 그 사람한테 접촉할지도 몰라. 연락해볼게."

집 근처까지 데려다주겠다는 그의 제안을 받아들이기로 했다.

일어나서 코트를 입었다. 열린 가방 사이로 눈속임용으로 가져온 교과서가 보여서 죄책감이 되살아났다.

(……리나 선배는 역시 예뻤어.)

건너편 자리에 놓인 빈 커피 잔에는 립스틱을 손끝으로 문질러 닦은 자국이 흐릿하게 남아 있었다. 잡지에서 본 것보다도 실물이 훨씬 매력적인 사람이었다.

(리나 선배랑 차도 마시고 얘기도 나눈 걸 자랑하고 싶은데 아무한테도 말 못 하네.)

계산을 하는 이노세 뒤에 서 있었다. 그는 당연한 듯 나쓰키 몫까지 내주었다. 팬케이크를 사주었을 때는 아무런 생각도 들지 않았는데 지금은 왜 그런지 불편했다. 잘 먹었습니다, 하고 작은 소리로 말했다. 이노세는 웃으며 고개를 저었다.

"나야말로 늦게까지 끌고 다녀서 미안."

자동문을 통해 밖으로 나왔다.

바람이 차가웠다. 코트 깃을 단단히 여몄다. 추워졌다가 또 조금 포근해지길 반복하다가 어느 순간 본격적인 겨울이 찾아올 것이다.

나쓰키네 집 방향으로 나란히 걷기 시작했다. 이노세는 아무 말도 하지 않았다. 분명 리나가 한 이야기들을 떠올리고 있을 것이다. 기억술사를 좋지 않은 존재로 생각하는 이노세는 그녀의 이야기를 어떤 식으로 받아들였을까.

기억술사를 만난 사람들은 기억이 지워졌다는 사실 자체를 기억하지 못하기 때문에, 그것이 좋았는지 나빴는지 기억이 지워진 당사자에게 확인해볼 길이 없다고 생각했다.

하지만 지워진 기억과 자신의 동기는 물론 기억술사를 만난 사실까지 기억하고 있는 리나는 뭔가 후련하다는 얼굴을 하고 있었다.

(기억술사는 두려운 존재인가? 설령 두려운 존재라고 하더라도 나쁜 존재라고 할 수 있을까?)

기억이 사라지는 현상은 두려울 수 있다. 기억을 자유자재로 지울 수 있는 능력도 두려울 수 있다. 그 사실을 이해하지 않고 가벼운 마음으로 기억술사에게 의뢰해서는 안 된다. 거기까지는 나쓰키도 이노세와 같은 의견이다.

한번 지워버리면 되돌릴 수 없다. 나중에 후회해도 늦다. 아니, 기억 자체가 없기 때문에 후회하는 것조차 불가능하다. 그 사실이 두렵다는 것은 나쓰키도 이해할 수 있다.

하지만 그것을 전부 감안하고도 기억을 지우고 싶다고 부탁한 것은 리나 자신이고, 기억술사는 그 부탁을 들어준

것뿐이다. 그것을 기억술사의 죄라고 할 수 있을지 나쓰키
는 알 수 없었다.

*

수업이 끝나고 메이코와 함께 교문을 나왔을 때 이노세
가 서 있는 것이 보였다. 깜짝 놀라서 걸음을 멈췄다. 리나
와 만난 지 일주일이 지나도록 아무런 연락이 없어서 방심
하고 있었다.

물론 길 한가운데에서 조금 거리를 두고 서 있었지만,
그래도 교문에서 나오면 바로 눈에 들어오는 곳에 서서 이
쪽을 보고 있었다. 웃고 있는 이노세와 정면으로 눈이 마
주쳤다.

나쓰키가 자신을 본 것을 확인한 후 이노세는 통학로와
는 반대 방향으로 걷기 시작했다. 메이코와 있을 때 말을
걸지 않은 것에 대해서는 배려심이 느껴졌지만, 저 행동은
아마 사람들 눈에 띄지 않는 곳까지 따라오라는 의미일 것
이다.

무시할 수도 없는 노릇이었다. 모른 척하고 이대로 가던
길을 갔다가는 쫓아와서 말을 걸지도 몰랐다.

처음이자 마지막 263

용건이 없는데 일부러 학교 끝나는 시간에 기다리고 있지는 않았을 것이다.

"미안, 메이코. 나 잠시 볼일이 좀…… 생긴 것 같아. 아는 사람이 와 있어서……."

'볼일이 생겼어'라고 말하려다가 말았다.

말할 수 없는 일을 얼버무리는 것에는 변함이 없지만 일단 거짓말은 하지 않았다.

눈을 동그랗게 뜬 메이코에게 몇 번을 미안하다고 말하며 얼굴 앞에서 양손을 모아 합장하는 포즈를 취하고 뛰기 시작했다.

골목으로 꺾어 들어가자 이노세가 이쪽을 향해 서 있었다.

다가온 나쓰키를 보더니 "오늘은 체육복 아니네"라고 말했다. 한마디 쏘아붙이기 전에 먼저 지적을 받아버려서 왠지 창피한 마음에 눈을 돌렸다.

리나를 만나고 나서 아무리 그래도 스커트 밑에 체육복 바지는 너무 심했나 하고 반성했다. 점점 추워지는 날씨에 체육복은 어쩔 수 없는 선택이라고 생각했지만, 메이코도 매일 나쓰키의 그런 복장을 지적했다.

타이츠를 두 겹으로 신으면 버틸 수 있을 것 같아서 서

랍을 열자 구석에 다른 타이츠와는 촉감이 다른 두꺼운 타이츠가 들어 있었다. 안감이 기모로 되어 있어서 하나만 신어도 따뜻했다. 산 기억은 없었지만 나쓰키 방 서랍에 있으니 나쓰키의 물건일 것이다. 기억술사에게 기억이 지워지기 전에 사서 그때의 기억이 함께 딸려 지워져버렸을 수도 있겠다는 생각이 들었다.

(그렇다는 것은 만일 이것을 언제 샀는지 알 수 있다면 기억이 지워진 시기도 어느 정도 특정할 수 있다는 걸까?)

기모 타이츠를 신고 그 따뜻함에 감동을 받으며 문득 생각했다.

이노세가 나쓰키에게 처음 말을 건 것은 한 달 전쯤이라고 했으니, 최근 한 달 사이에 나쓰키는 기억술사를 만난 셈이다. 타이츠를 손에 넣은 시기만 알 수 있다면 그 범위를 더욱 좁힐 수도 있겠다는 생각이 들었다.

하지만 나쓰키는 영수증을 보관하는 습관이 없다. 어제 오늘 구입한 것이 아니기 때문에 영수증을 받았다고 해도 이미 쓰레기로 처분되었을 것이다.

없으니 어쩔 수 없지 하는 생각을 하면서 옷을 갈아입고 학교에 와서 까먹고 있었던 사실이 이노세의 얼굴을 보자 생각이 났다. 옷을 갈아입으면서 그런 생각을 한 것을 보니 나쓰키도 이노세에게 전염된 것이 틀림없었다.

(아니, 타이츠는 그렇다 치고.)

얼굴을 홱 들어 이노세를 째려보았다. 그냥 슬쩍 넘어가기 전에 제대로 항의를 해야 한다.

"갑자기 나타나지 마세요. 아니, 아예 학교에는 안 왔으면 좋겠어요. 전화번호 알려드릴 테니까 사전에 연락이라도 주세요."

"앞으로는 그렇게 할게. 갑자기 정해지는 바람에 미안해."

그렇게 말하면서도 이노세는 조금도 미안해하지 않는 눈치였다.

주변을 둘러보더니 인도와 차도 경계에 서서 고개를 빼고 두리번거렸다. 택시를 세우려고 하는 듯 보였다.

"기억술사한테 접촉하려는 사람이 있는 것 같다고 말했었지? 인터넷 게시판에서 기억술사를 찾고 있던 사람인데 만나기로 약속했어. 같이 가줘."

"널 너무 늦게까지 데리고 다닐 수 없어서 수업이 끝나는 시간에 맞춰서 약속 잡은 거야" 하며 마치 나쓰키를 배려했다는 투로 말했지만, 나쓰키는 같이 가겠다고 동의한 적이 없었다.

"네? 인터넷 게시판에 글을 남기면 연락처까지 알 수 있는 거예요?"

"나한테 그런 기술은 없지. 기억술사에 대해서 드릴 말씀이 있다고 메일을 보낸 것뿐이야. 장난이라면 무시하겠지만 그가 만나기로 한 장소에 나타난다면 그건 진심으로 기억술사를 찾고 있다는 얘기가 되는 거지."

인터넷에서 알게 된 상대를, 그것도 메일을 한두 번 주고받은 상대를 지금 만나러 간다고 한다. 어떤 사람인지도 알 수 없는데.

"이상한 사람이면 어떻게 하려고요?"

"말을 걸기 전에 지켜봐야지."

도시전설의 괴인에게 인터넷 게시판으로 호소하는 시점에서 이미 좀 이상한 사람일 가능성이 높다. 혹은 그런 뜬소문에 매달릴 정도로 절박한 사람이거나. 어느 쪽이든 경솔하게 접근했다가는 호되게 당할 것 같았다.

나쓰키가 내켜하지 않는 것을 눈치챘는지 이노세는 "괜찮아" 하며 살짝 웃었다.

"호텔 라운지에서 만나기로 했으니까 안전해. 게시판 글이나 메일로 봐서는 이상한 사람 같지 않았어. 실제 경험자인 네가 그 자리에 있으면 상대방도 얘기를 들어줄 것 같아서."

그거야 그럴지도 모르지만, 나쓰키 입장에서는 따라갈 이유가 없었다.

모르는 누군가가 기억술사에게 기억을 지워달라고 의뢰하려 한다 해도 그것을 말리고 싶다는 생각은 들지 않았다. 지우고 싶다면 지워달라고 하면 될 일이다. 그 결과는 스스로 책임지면 된다.

기억술사를 또 만나고 싶다는 생각도 들지 않았다. 지워진 기억이 어차피 돌아오지 않는다면 다시 만난들 무슨 의미가 있단 말인가.

(그보다 다시 한 번 만난다고 해도 또 기억이 지워질 테니 결과는 같을 텐데…….)

속마음으로는 이제 기억술사는 그만 찾아다니고 얌전하게 있는 것이 제일 좋을 것 같다고 생각했다.

사 년 전 사건이 일어났을 때 나쓰키나 메이코가 기억을 잃은 것은 예외적인 일이고, 기본적으로는 기억술사에게 먼저 접근하지만 않으면 기억이 지워지는 일은 없다고 한다. 그렇다면 기억술사는 그다지 위험한 존재라고 생각되지 않았다.

나쓰키에게는 기억술사를 쫓을 만한 이유가 없었다.

이노세에 대한 동정심 때문에 잠깐이라면 조사에 협조

를 해도 좋을 것 같다는 생각을 했지만, 이렇게 자주 끌려 다니는 것은 나쓰키가 원하던 바가 아니다. 이런 일이 계속된다면 조만간 메이코도 눈치챌 것이다.

이 일에 메이코를 끌어들이고 싶지 않다는 생각도 물론 있지만, 무엇보다 이노세가 하는 일을 돕고 있다고 말하려면 한 달 전에 기억이 사라졌다는 사실도 털어놓을 수밖에 없다. 그런 상황은 가능하면 피하고 싶다. 메이코가 알게 되면 아마 화를 낼 것이다. 하지만 기억에 없는 일로 메이코가 나무란다고 해도 변명을 할 방법이 없다.

그렇게 말로 끝나면 그나마 다행이지만, 정의감이 강한 메이코가 이노세에게 동조해서 기억술사를 찾아내겠다고 한다면……. 그런 생각을 하니 상상만으로도 현기증이 났다.

"저기요, 기자님. 저 이제 기억술사를 찾는 건……."

원래 이노세처럼 기억술사에게 특별한 감정이 있는 것도 아니었다.

더는 도와줄 수 없다는 말을 하려고 입을 연 순간, 이노세가 말했다.

"기억술사는 젊은 여성이었다고 가타야마 리나가 말했지. 네가 알고 있는 사람일지도 몰라."

앞지르듯이 나쓰키의 말을 막은 것이다.

"지금 그 리스트에 있는 사람들의 알리바이를 조사하고 있는데 네 반 친구도 유력한 용의자야. 가미쿠라 메이코도. 그리고 너도."

"역시 우리를 아직도 의심하고 있군요……."

이노세는 말로는 나쓰키가 피해자라고 얘기하면서도 여전히 의심하고 있었다.

나쓰키의 원망스러운 목소리에도 이노세는 모르는 척 말했다.

"기억이 없다는 것은 누구나 할 수 있는 말이니까. 너나 그 친구가 거짓말을 하는 걸지도 모르잖아. 나는 네가 거짓말을 하고 있다고는 생각하지 않지만, 그건 느낌이 그렇다는 거고 근거가 있는 건 아니니까. 용의자에서 제외할 수는 없어."

손을 든 이노세를 발견한 택시가 속도를 낮추며 다가와서 멈췄다.

열린 문을 잡고 이노세는 나쓰키에게 타라고 재촉했다.

"그렇지 않다는 걸 증명하기 위해서라도 협조 좀 해줘."

나쓰키가 협조하지 않으면 메이코에게 이야기를 들으러 가겠다고 확실히 말한 것은 아니다. 하지만 의심이 해소되지 않으면 이노세는 분명 그렇게 할 것이다. 굳이 말하지 않아도 그 정도는 알 수 있었다.

"협박당하는 느낌이에요."

"부탁하는 거야."

최소한의 저항을 표현하려는 의도로 째려봤지만 이노세는 웃으면서 대답했다.

"지금까지 몇 년 동안이나 아무런 단서도 찾지 못했어. 그랬던 게 갑자기 움직이기 시작했다고. 심지어 우리 눈에도 보이는 형태로 말이야. 이 흐름을 멈추게 하고 싶지 않아."

웃음기가 사라진 이노세의 말과 표정은 진지했다.

어른들은 교활하다. 성인 남성에게 부탁을 받을 일이 거의 없어서인지 이런 식으로 부탁을 받으니 도와주고 싶다는 생각이 들었다. 끌려다닌다는 생각 때문에 분했지만 역시 싫다고는 할 수 없었다.

"이제 조금 있으면 기말고사 시작인데. 메이코한테 공부 알려달라고 하려고 했는데."

"빨리 집에 갈 수 있도록 금방 끝낼게."

"저 교복이잖아요. 원조교제 한다고 오해받으면 어쩌실 건데요?"

"돈은 못 주지만 마실 거 정도는 사줄게, 어른으로서."

이노세는 물러날 생각이 없는 듯했다. 방법은 없었다.

난 포기가 빠른 편이지.

나쓰키는 한숨을 쉬고 뒷좌석에 올라탔다.

*

이노세가 약속 장소로 지정한 호텔은 시내에 있는 고급 호텔이었다.

크리스마스가 약 한 달 후로 다가오고 있어서인지 로비는 화려하게 장식되어 있었다. 대학 캠퍼스에 이어서 이번에도 교복이 눈에 띄는 장소였다.

호텔 안은 따뜻했기 때문에 코트 앞 단추를 풀었다. 스커트 아래 체육복 바지를 입지 않은 건 천만 다행이었다.

프런트 앞 로비에서 계단 하나를 내려가면 넓은 창가에 카페가 있고, 그 앞에 몇 명 정도가 앉을 수 있는 소파가 놓여 있었다. 그 부근에서 만나기로 되어 있다고 했다.

이노세와 나쓰키는 그쪽으로는 가까이 가지 않고 투숙객용 엘리베이터 옆에 있는 굵은 기둥 뒤쪽에 숨어서 상황을 지켜보고 있었다.

약속한 시간 오 분 전이었다.

"어떤 사람이에요? 이미 와 있을까요?"

"이십 대 남성, 검은색 코트를 입고 오겠다고 했어."

그런 애매한 사인으로는 해당되는 사람이 너무 많아서 참고가 되지 않을 것이라고 생각했지만, 다행히 평일이라서 그런지 아니면 고급 호텔은 원래 그런 것인지 카페 쪽에도 소파 근처에도 그다지 사람이 많지 않았다.

검은색 코트를 입은 젊은 남성은 몇 명 정도 있었지만, 휴대전화로 통화하면서 걸어가는 외국인이거나 가족과 함께 있어서 이노세와 만나기로 한 남자는 아닌 듯한 사람들뿐이었다.

로비에 놓인 기둥시계의 시곗바늘은 약속 시간 정각을 가리키고 있었다.

서로 얼굴도 이름도 모르는 상대와 메일로 정한 약속이다. 만나지 못할 가능성은 결코 적지 않다. 그보다 상대방이 진심인지조차 알 수 없는 일이다.

하지만 이노세는 진지한 눈으로 로비를 둘러보고 있다.

나쓰키도 조금 더 찾아보기로 했다. 만나기로 한 상대방도 나쓰키와 이노세처럼 경계하면서 어딘가에서 지켜보고 있을지도 모른다.

약속 시간에서 오 분 정도 지났을 때 마른 체형을 가진 남자가 로비를 가로질러 소파가 있는 쪽으로 걸어가는 것을 발견했다. 비싸 보이는 검은색 코트를 입고 있는 젊은 남자였다.

"아, 저기 저 사람 아니에요? 뭔가 잘생긴…… 앗!"

살짝 옆모습이 보였고, 무의식적으로 이노세의 옷깃을 잡았다.

"저기, 저 사람요. 텔레비전에 자주 나오는…… 요리하는 귀공자라 불리는, 저기 그 이름이…… 마리야 슈! 마리야 슈!"

생각지도 못한 장소에서 유명인을 보자 갑자기 기분이 좋아졌다.

이노세도 "마리야 슈?"라고 중얼거리면서 나쓰키의 시선이 향하는 곳을 좇았다.

마리야 슈는 요리 연구가다. 전문이 이탈리아 요리였는지 프랑스 요리였는지 나쓰키는 잘 모르지만, 세련된 요리를 만드는 것으로 유명했다. 아직 이십 대인데도 직접 레스토랑을 운영하고 있고 텔레비전에서도 자주 소개가 되고 있었다. 스타일리시하고 고등학생인 나쓰키와는 인연이 없을 것 같은 고급스러운 레스토랑이다.

탤런트나 모델이라고 해도 통할 것 같은 외모 덕에 여

성 팬이 많고 잡지에서 패션모델처럼 찍은 사진을 본 적이 있다.

나쓰키는 그가 원래는 연예인인데 그저 요리를 잘하기 때문에 요리 프로그램에 출연하게 된 것이라고 생각했지만, 그렇지 않고 요리 연구가가 본업이라는 사실을 최근에 알았다.

소파 근처에서 발걸음을 멈춘 마리야는 휙 고개를 돌려 딱 한 번 주변을 돌아보고 나서 소파에 앉았다. 긴 다리를 우아하게 꼬고 누군가를 기다리는 자세를 취했다.

그 말고 검은색 코트를 입은 젊은 남성은 보이지 않았다.

"역시 저 사람 아니에요? 그럼, 마리야 슈가 기억술사를 찾고 있다는 얘긴 거예요?"

이노세와 마리야를 번갈아서 보았다.

리나를 보았을 때도 놀랐지만 마리야는 리나 이상으로 유명한 사람이다.

이노세는 기억술사 이야기가 마이너하고 이미 잊힌 도시전설이라고 했는데, 예능계에서 기억술사에 관한 이야기가 유행하고 있는 걸까.

이노세가 갑자기 걸어 나갔다.

"좀 기다려요. 진짜 틀림없는 거예요? 확인해보지 않아도 돼요?"

나쓰키의 질문에는 대답하지 않은 채 이노세는 똑바로 마리야가 있는 쪽으로 향했다.

나쓰키에게는 기다리라는 말도 따라오라는 말도 하지 않았기 때문에, 잠시 망설이다가 따라갔다.

나쓰키는 마음의 준비가 되어 있지 않았다. 마리야가 만나기로 한 사람인지도 아직 확인되지 않았다. 뒤에서 거리를 두고 따라갔다.

이노세는 주저하지 않고 다가가 일 인용 소파에 앉아 있는 마리야의 바로 정면에 섰다. 마리야는 소파 팔걸이에 왼쪽 팔꿈치를 대고 손등에 왼쪽 관자놀이를 올린 자세로 비스듬하게 이노세를 올려다보았다.

"메일 드린 이노세 깃페이라고 합니다."

그의 눈을 보며 말한 후 겉옷에서 명함 지갑을 꺼내 명함을 한 장 내밀었다.

마리야는 자기소개는 하지도 않고 그 명함을 앉은 채로 받았다. 지루한 듯한 표정으로 명함에 눈길을 한번 주고는 시선을 이노세에게로 돌려 입술 한쪽 끝을 올렸다.

"당신이 기억술사는 아닌 것 같고. 속인 건가?"

아마도 그가 만나기로 한 상대임에 틀림없어 보였다. 하지만 텔레비전에서 보는 온화한 얼굴과는 달리 비꼬는 듯한 웃음과 말투로 보아 이노세가 그다지 반갑지 않은 모양이었다. 이노세가 자신이 기다리던 기억술사가 아니라고 직감한 것 같았다. 불시에 찾아온 취재라고 생각했을 수도 있다.

그래도 화를 내며 자리에서 일어나지 않고 여유 넘치는 태도로 명함을 내려다보며 이노세의 직함을 확인했다.

"신문기자?"

"기억술사에 대해 조사하고 있습니다. 얘기를 좀 들려주시지 않겠어요? 저는 기억술사가 아닙니다만, 기억술사에 관한 정보는 당신보다 제가 더 많이 갖고 있을 것 같습니다."

이노세도 차분한 태도로 말했다.

"지인 몇 명이 기억술사를 만나 기억을 잃었거든요."

순간 마리야의 얼굴에서 표정이 사라졌다.

"진짜……?"

"여기에 있는 이 학생도 그중 한 사람입니다."

갑자기 집중을 받게 된 나쓰키가 "잠깐만요!" 하며 항의했지만, 이노세는 모르는 척 신경도 쓰지 않았다.

마리야는 가는 목을 늘어뜨려 이노세 뒤쪽을 넘겨다보

듯이 나쓰키를 보았다.

이노세의 뒤에 숨듯이 선 채로 허둥지둥 고개를 숙여 인사했다.

코트 아래로 입은 교복을 보고 마리야는 '고등학생?' 하고 묻는 듯한 표정을 지었다.

"나 개인에 대한 취재는 아닌 것 같네."

가십거리로 취재를 하는 것이라면 여고생은 데려오지 않을 것이라고 판단한 듯 보였다.

마리야는 팔걸이에 대고 있던 팔을 내리고 삐딱하게 앉아 있던 몸을 일으켰다. 이야기를 들어보자는 생각이 든 모양이다.

"얘기를 들려달라고 한들 내가 기억술사에 대해서 알고 있는 건 인터넷에 돌아다니는 정보 그 이상도 이하도 아니야. 기자 선생한테 도움이 될 것 같지는 않은데?"

"기억술사에 대한 얘기를 어디서 들으셨는지, 기억술사에게 무엇을 의뢰할 생각이었는지를 말씀해주시면 좋겠습니다."

"정보를 어디서 입수했는지는 그렇다 치고, 두 번째 질문은 명백히 개인적인 얘기가 아닌가?"

마리야는 풋 하고 웃으며 대답했다.

"그냥 단순한 호기심이야. 특별히 부탁할 게 있었던 건 아니고. 나 도시전설이나 그런 거 꽤 좋아하거든."

그렇게는 보이지 않았다. 이노세도 그의 말을 믿을 것 같지 않았다.

유명인이고 바쁜 그가 메일 한 통으로 여기까지 일부러 나왔다는 것은 그저 관심이 있어서일 리 없었다.

"전에 일 때문에 잠깐 만난 여자애한테 기억술사에 대한 얘기를 들은 적이 있거든. 그냥 재미있을 것 같아서."

느낌이 왔다.

나쓰키는 순간적으로 마리야의 말에 끼어들었다.

"혹시 그 여자애가 모델이에요?"

마리야는 젊은 여성들을 대상으로 하는 잡지에도 자주 등장한다. 명품 옷을 입고 사진 촬영을 하는 일도 있다. 모델인 리나와 현장에서 마주쳤을 가능성도 있다.

"그렇긴 한데……. 아, 그 사람도 이미 취재한 거야?"

마리야는 바로 나쓰키가 던진 질문의 의도를 눈치챈 듯 보였다. 살피듯이 이노세를 보았다.

텔레비전에서 보던 왕자님 같은 미소는커녕 여전히 경계를 풀지 못하는 모습이었지만, 나쓰키를 향한 표정이나 목소리는 이노세를 대할 때보다 조금은 부드러웠다.

"걔도 기억술사한테 의뢰한 거지? 걔한테 얘기 들으면 되잖아. 너는 어떻게 기억술사를 만난 거야?"

처음 이노세를 향해 있던 눈길을 나쓰키 쪽으로 돌리면서 물었다.

"제가 의뢰한 건 아니고요……. 연루되었다고 할지……. 기억은 잘 안 나지만요."

"그렇구나……."

마리야는 긴 눈을 가늘게 뜨며 다리를 다시 꼬았다.

"그렇구나, 관심이 생기네."

나쓰키와 눈이 마주치자 마리야가 방긋 웃었다. 만들어 낸 영업용 미소지만 나쓰키는 가슴이 두근거렸다. 텔레비전에서 본 것과 똑같은 얼굴. 뭐든 이야기해주고 싶다는 생각이 들었다.

마리야의 반응을 보고 있던 이노세가 입을 열었다.

"혹시 당신이 기억술사한테 부탁해서 지우려고 하는 게 당신 자신이 아니라 누군가의 기억인가요?"

미소가 사라지고 마리야는 불쾌하다는 듯이 눈길을 돌렸다.

적중한 것일까?

이노세는 슬쩍 시선을 피하는 마리야를 보며 계속 말을

이어갔다.

"기억을 지운다는 건 당신이 생각하는 것보다 훨씬 되돌릴 수 없는 엄청난 일이에요. 그 기억이 당신 것이든 남의 것이든, 그 사람을 구성하는 일부분을 지움으로써 그 사람은 영원히 바뀌어버릴지도 모른다고요."

"그저 호기심이었다니까. 나도 어른인데 기억을 지우는 괴인을 진심으로 믿을 리 없잖아."

"이제 됐지"하며 마리야는 자리에서 일어났다.

가시 돋친 말투는 분명 의도가 탄로 났기 때문일 것이다.

기억술사 이야기에 관심이 있는데도 이야기 도중에 가겠다고 하는 것은, 그 이상으로 자신의 목적을 추궁당하기 싫다는 뜻일 것이다.

잡을 것이라고 생각했지만 이노세는 마리야를 잡지 않았다.

그 대신 이제 막 발걸음을 뗀 그의 등에 대고 말했다.

"용건도 없으면서 장난 삼아 기억술사를 불러내면 벌로 자신의 기억이 지워진다고 어디 게시판에 쓰여 있었어요. 여고생 사이에서 꽤 오래전에 떠돌던 소문이지만요."

마리야는 어깨 너머로 고개를 돌려 입꼬리만 살짝 올리고 웃었다.

"조심할게."

마리야 슈는 가버렸다.

대화를 나눈 시간은 정말 짧았지만, 이노세는 그다지 아쉬워 보이지 않았다.

"괜찮겠어요?" 하고 물으니, "설득은 어차피 힘들 것 같았거든" 하며 포기한 듯 끄덕였다.

"그는 아직 기억술사를 만나지 못했어. 기억술사에 대해서 풍문 이상으로는 모르는 것 같고. 일단 경고는 했으니까 지금은 이게 최선인 것 같아."

마리야한테 정보를 얻을 수 없을 것 같기는 했지만, 이노세의 대응이 너무 담백해서 의외였다.

물론 안 한 것보다는 낫겠지만 이 정도 경고로 마리야가 더는 기억술사를 찾지 않을 것이라는 생각은 들지 않았다. 본인은 저렇게 말하지만 여기 이렇게 나타났다는 것만으로 그가 진심으로 기억술사를 찾고 있다는 것은 명백한 사실이었다.

"인터넷에서 자신을 찾고 있는 모든 사람에게 기억술사가 반응하진 않아. 하지만 당분간은 마리야 슈를 감시해야겠어. 기억술사가 그와 접촉하려 시도한다면 운 좋게 현장을 잡을 수 있을지도 몰라."

"그를 미끼로 삼겠다는 거예요?"

"만나지 말라고 해도 굳이 만나겠다고 하면, 만났을 때 그 현장에 직접 뛰어드는 게 효과적일 거야. 마리야 슈가 유명인이라서 다행이야."

꽤나 간단하게 포기했다 싶었는데 그런 의도가 숨어 있었다. 마리야 슈라면 근무처도 이미 알려져 있고 인터넷에 목격자 정보가 올라오는 경우도 있기 때문에, 일반인보다는 비교적 행동을 감시하기가 쉬울 것이다.

이쪽에서 기억술사와 접촉하는 것이 불가능하다면, 진짜 의뢰인을 풀어두고 기억술사를 끌어내려는 발상은 이해가 되었다. 그렇게 계획대로 될지는 모르지만, 기억술사와 접촉할 수 있는 다른 좋은 방법이 있는 것도 아니니까.

기왕 온 거 차라도 한 잔 마시자며 이노세가 카페 라운지를 가리켰다. 그러고 보니 마실 거 정도는 사주겠다고 했다.

눈 깜짝할 사이에 이야기가 끝나버려서 특별히 목이 마른 건 아니었지만, 고급 호텔 라운지에서 차를 마실 기회는 흔히 있는 일이 아니다. 기꺼이 동의하고 창가 쪽 넓은 자리에 앉았다.

"근데 마리야 슈가 기억술사 얘기를 들었다는 모델이 리나가 맞을까요?"

테이블에 세워진 고급스러운 가죽으로 된 메뉴판을 열면서 물었다.

"아마도. 그녀한테 이야기를 들은 다른 모델일지도 모르겠지만. 어느 쪽이든 가타야마 리나는 기억술사에 대한 이야기를 누구한테 들었는지 기억이 나지 않는다고 했으니까, 거기에서 출처를 찾아내는 건 어려울 것 같아."

그렇게 미모가 뛰어난 인기 모델 리나도 실연을 당해서 기억을 지우길 바랐다. 젊은 나이에 성공을 이룬 마리야에게도 다른 사람에게는 말할 수 없는 고민이 있을지도 모른다.

(아 근데, 마리야 슈는 자신이 아닌 누군가의 기억을 지우고 싶다고 했었나……)

스캔들, 뭐 그런 걸까? 유명인에게는 그들 나름의 고민이 있을지 모르겠지만 쉽게 상상이 되지 않았다.

(나도 창피한 실수를 저지르면 그걸 본 사람의 기억이 지워졌으면 하고 바라기도 해. 하지만……)

실제로 그것이 가능하다고 해도 실행에 옮길지 여부는

또 다른 이야기다.

자신의 기억을 지우는 문제의 옳고 그름과는 차원이 다른 문제인 것이다.

"근데 아까 한 얘기…… 의뢰인 본인이 아니라 다른 사람의 기억을 마음대로 지운다는 거, 그게 가능해요? 그런 의뢰가 있을 수 있는 건가요?"

인터넷상에서 기억술사는 괴로운 기억을 가진 누군가의 의뢰를 받아서 의뢰인의 기억을 지워주는 괴인으로 소개되고 있었다. 본인이 아닌 사람의 기억을 지워달라는 부탁이 유효하다면, 나쓰키가 갖는 기억술사에 대한 인식은 크게 달라질 것이다.

"빵집 점원의 기억이 지워졌잖아. 너희 기억도."

"근데 그건……."

그 사람이 나쁜 사람이었기 때문이잖아요.

입 밖으로 내지는 않았지만 나쓰키가 그렇게 생각한 것을 눈치챈 듯 이노세는 메뉴판에서 눈을 떼고 나쓰키를 보며 말했다.

"악한 사람의 기억이라면 지워도 된다고 생각해?"

질책하는 듯한 말투는 아니었지만 대답할 수 없었다.

그 빵집 점원의 기억을 지운 것은 옳은 일이며 그가 한 짓에 상응하는 죗값을 치른 거라고 생각하지만, 이노세가 묻고 있는 것은 개개의 사안에 대한 것이 아닐 것이다.

"기억술사가 아무나 기억을 지워주는 건 아니야……. 적어도 십 년 전에 유행했을 때는 누구의 부탁이든 다 들어준 것은 아니었어. 장난으로 기억술사를 불러내면 벌을 받는다는 풍문이 있었던 것도 기억술사가 그런 존재라는 생각이 전제에 깔려 있었기 때문이야. 나도 그렇게 생각해왔어. 기억술사가 기억을 지워주는 것은 진심으로 그것을 필요로 한다고 기억술사 자신이 판단한 사람뿐이라고."

이노세가 마침 지나가던 웨이터를 불렀다.

둘은 각각 따뜻한 코코아와 커피를 주문했다.

친절하게 주문을 받은 웨이터가 자리를 떠날 때까지 기다렸다가 이노세는 다시 입을 열었다.

"사 년 전 사건은 일단 접어둘게. 그건 예외적인 케이스였다고 나도 생각해. 하지만 가타야마 리나 같은 경우는 꽤 가벼운 케이스였어. 실연 같은 건 누구나 다 겪는 일이야. 그런 것까지 일일이 지웠다가는 한도 끝도 없지."

메뉴판을 닫고 테이블에 놓인 메뉴판 지지대에 되돌려놓으면서 이노세는 계속 말을 이었다.

"가타야마 리나의 의뢰를 들어준 이상 누구의 부탁이든

들어줄 가능성이 있어. 그 한 건으로 기억술사는 생각보다 훨씬 쉽게 기억을 지워준다는 사실을 알았어. 역시 가만히 둘 수 없어."

이노세가 문제로 삼고 있는 것은 기억술사의 행동에 대한 옳고 그름이지, 리나의 고민이 하찮은 거라고 단정 지을 의도는 없을 것이다. 나쓰키도 그건 알고 있다. 하지만…….

"리나 선배한테는 가벼운 고민이 아니었을 거예요."

정신을 차렸을 때는 이미 말을 내뱉은 다음이었다.

논점은 그것이 아니라는 것을 알고 있지만 참을 수 없었다.

이노세가 조금 놀란 표정으로 나쓰키를 보았다.

나쓰키는 기억술사에 대해 긍정적인 감정도 부정적인 감정도 특별히 갖고 있지 않고 기억이 지워졌다는 실감도 없기 때문에, 진지하게 기억술사를 쫓고 있는 이노세에게 의견을 말하는 것 자체가 미안하다는 생각이 들었다. 하지만 이렇게 동행하고 있다고 해서 그와 생각이 같은 건 아니라고 한 번은 제대로 전달해야겠다고 생각했다.

다른 사람 입장에서는 현실을 직시해서 극복해야 할 문제이고 그것이 가능한 것처럼 보여도, 실제로 겪는 본인에게는 어찌할 수 없이 괴로운 일일 수도 있다. 이런 기억 따위 지워버리고 싶다고 염원하는 것은 나약하기 때문일지도 모르지만, 얼마나 괴로운지는 본인밖에 알 수 없는 일이다.

기억술사가 그런 사람들의 부탁을 들어줬다고 해서 그것을 죄라고 할 수 있을까?

"실연에 대한 기억을 지워달라는 건 본인의 자유 아니에요? 본인의 기억이니까. 지우고 싶지 않은 사람은 지우지 않으면 되는 것뿐이고. 리나 선배가 자신의 기억을 지웠다고 해도 그건 그 선배의 자유잖아요. 피해자가 있는 것도 아니고."

"가타야마 리나는 모리시타 형제들과 지금도 사이좋게 지내는 것 같은데, 만약 리나가 그들에 대한 기억을 잊은 채로 지냈다면 그들은 아마 슬퍼했을 거야."

이노세의 고요한 목소리에 말문이 막혔다.

잊힌 사람들이 머릿속에서 빠져 있었다.

(하지만 아니야, 아닌 것 같아. 그런 게 아니라고. 지우고 싶은 기억이 있는데도 잊힌 사람들이 슬퍼할까 봐 지워서는 안 된다니…… 그건 말이 안 돼.)

누군가를 슬프게 하지 않기 위해서 참아야 한다니, 그리고 그런 이유 때문에 괴로운 기억을 안은 채로 살아야 한

다니, 말이 안 된다.

예를 들어 나한테 기억을 지우는 능력이 있다면 잊고 싶은 기억 때문에 괴로워하는 사람에게 그렇게 말하는 것이 옳지 않다는 생각이 들었다.

주변 사람들을 슬프게 하리라는 것도, 그런 자신이 위선적이라는 것도 알지만, 어떻게 해서든 지우고 싶은 기억이 있다면 그것은 그 사람의 선택인 것이다.

좋은지 나쁜지에 대한 문제는 아닌 것 같았다. 그 상황에 놓인 사람이 그 방법을 선택하거나, 선택하지 않거나, 그냥 그뿐인 것이다.

그냥 내버려두면 될걸 하는 생각이 들었다. 기억을 지우고 싶지 않고 그것이 옳은 방법이 아니라고 생각한다면 상관하지 않으면 그만이다.

하지만 이노세의 지인은 원해서 기억이 지워진 것은 아니라고 했고, 그렇지 않다고 해도 잊힌 입장인 이노세에게 그렇게 말할 수는 없었다.

"리나의 고민이 가벼운지 무거운지 판단할 생각은 없었어. 표현이 좀 그랬지?"

"미안해" 하고 이노세는 순순히 사과를 했다.

이노세는 잊힌 장본인으로서 충분히 괴로웠을 텐데도

나쓰키의 말이 무신경하다고 탓하지 않았다.

"하긴 기억은 각자의 것이니까 타인이 이래라저래라 할 일은 아닐지도 몰라. 하지만 본인에게는 괴로운 기억이라도 그 기억이 완성되기까지는 여러 사람들이 연관되어 있잖아. 함께 만든 기억을 공유한다고 할까?"

이노세가 신중하게 단어를 고르면서 말하고 있다는 것이 느껴졌다.

강요하려는 게 아니라 단지 전달하기 위해.

"본인은 괴로운 기억을 지우면 편해질지 모르겠지만, 그 과정에서 잃는 것도 분명히 있을 거야. 기억을 없애는 것은 본인의 선택이라고 해도 그것 때문에 슬퍼하는 사람도 있어. 기억을 지우고 싶다고 할 정도로 괴로울 때는 거기까지 생각이 미치지 않을지도 모르지만……. 기억을 한번 지워버리면 후회한들 소용없어. 되돌릴 수 없으니까."

나쓰키로서는 이노세의 말이 옳고 기억술사에게 의뢰하는 건 전적으로 잘못된 행동이라는 식으로 생각할 수 없었다. 하지만 실제로 지인에게 잊힌 경험이 있다는 그의 말에는 무게가 실려 있었다.

잊힌 사람의 입장에서 보면 '기억은 내 것이니까 지우는 것도 내 자유'라고 하는 것은 이해가 불가능한 논리다. 자신을 잊은 상대를 나무라고 싶어도, 분노나 슬픔을 퍼붓고 싶어도 할 수 없다. 이유를 묻는 것조차 불가능하다. 자신이 이렇게 슬퍼하리라는 것은 어째서 생각해주지 않았느냐고 묻고 싶어도 그 말조차 전달되지 않을 것이다. 상대방 안에서 자신의 존재가 사라진다는 것은 그런 일이다.

그때까지 쌓아온 시간들과 일궈온 관계가 한순간에 사라지는 것이다.

예를 들어 메이코가 내 존재를 잊어버린다고 생각하니 끔찍했다.

"미안해요. ……저야말로 너무 생각이 짧았어요."

고개를 푹 숙이고 말했다. 후회가 됐다.

누군가에게 상처를 주더라도 무언가를 잃더라도 잊고 싶어 하는 누군가의 고통과, 잊힌 누군가의 고통은 분명 비교할 수 있는 것이 아니다. 적어도 기억을 지우는 것은 본인의 자유일 뿐이고 피해자가 생기지도 않는다고 그 앞에서 말해서는 안 되었다.

"괜찮아" 하며 이노세가 고개를 저었다.

웨이터가 음료를 가져왔다. 코코아가 담긴 잔을 나쓰키 앞에, 커피 잔과 계산서를 이노세 쪽에 두고 "즐거운 시간 보내세요" 하며 머리를 숙였다.

웨이터가 테이블을 떠나자, 이노세는 "마셔" 하고 손바닥을 위쪽으로 올리면서 말했다. 나쓰키가 잔에 손을 뻗자 살짝 웃으면서 그녀가 코코아를 마실 때까지 기다렸다. 마치 신경 쓰지 않으니 괜찮다고 하는 듯했다.

코코아는 적당히 뜨거웠고, 스며드는 듯한 달콤함에 몸에서 긴장이 빠져나갔다.

"고민에 빠져 있는 사람한테 주변 사람들까지 생각하라는 건 너무 잔인하긴 하지. 그래서 기억술사한테 간단하게 부탁을 들어달라고 하는 상황에 문제가 있다고 생각해. 너무 괴로워서 이 고통에서 도망치는 것밖에 생각할 수 없을 때 기억을 지워주겠다는 얘기를 들으면 누구든 매달릴 게 분명하니까."

나쓰키는 잔을 받침에 두고 얼굴을 들어 이노세를 보았다.

이노세는 조용한 목소리로 말했다.

"기억을 지우는 일이 옳은 경우도 있다는 것은 나도 부정하지 않아. 그것이 최선일 수밖에 없는…… 경우에 따라서는 유일한 해결 방법일 때도 있겠지. 하지만 어떤 경우라면 옳은지, 그걸 판단하는 것은 누구의 몫일까? 기억술사가 그때마다 판단을 내린다면, 심지어 자신에게 판단할 능력이 있다고 생각한다면 그건 오만한 거야."

기억술사에 대한 분노가 전혀 없을 리 없다. 하지만 이노세는 냉철하게 본인의 생각만을 이야기할 뿐 감정을 겉으로 드러내지 않았다. 단 언제나 보여주던 웃는 얼굴은 아니었다. 돌려 말하지 않고 나쓰키를 향해 진지하게 본심을 이야기하고 있었다.

이노세는 나쓰키처럼 좋지도 나쁘지도 않다고 생각하는 정도가 아니라, 몇 번이고 반복해서 기억술사에 대해서 생각해왔던 것이다. 기억술사를 찾고 있는 것도 지인의 기억이 지워진 것에 대한 분노만으로 행동하는 것은 아닐 것이다.

그에게선 흔들리지 않는 신념 같은 것이 느껴졌다.

"기억술사는 신이 아니야. 아마도 신기한 능력을 가진 그냥 평범한 사람일 거야. 그렇다면 실수를 저지르는 일도 있겠지. 하지만 기억을 지운 다음에 실수였다고 느껴도 이미 되돌릴 수 없어. 풍문이 사실이라면 한번 지운 기억은 두 번 다시 돌아오지 않으니까."

리나는 기억이 지워진 후에 다시 기억술사를 만나서 자신이 기억술사에게 무엇을 의뢰했는지를 알 수 있었다. 그리고 기억을 지운 것은 잘못된 행동이었다고 말했다. 하지만 그녀는 예외적인 케이스다.

기억이 지워지면 그것이 옳았는지는 두 번 다시 알 수 없는 것이 일반적이다. 기억술사의 의뢰인은 자신의 기억이 지워진 사실조차 기억하지 못하기 때문이다.

두 번 다시 되돌릴 수 없을 때 잘못된 선택이었다고 알아차리는 것과 잘못을 알아차리는 것조차 불가능한 것 가운데 어느 쪽이 더 나은 일인지 나쓰키는 알 수 없었다.

"틀리는 일도 있겠지만 그것도 어쩔 수 없는 일이지, 이런 생각은 안 들어. 그래서 나는 기억술사가 하는 일에 반대하는 거야."

이노세도 맹목적으로 기억술사를 악한 존재라고 단정 짓고 배제하려는 것은 아닐 것이다.

나쓰키는 이노세와 완전히 같은 의견은 아니지만 그의 생각을 이해할 수는 있다.

기억을 지워도 사실이 사라지는 것은 아니다. 그럼에도 그저 잊고 편해지는 것은 완전한 해결책이라고 할 수 없을지도 모른다.

당사자 혼자 괴로움과 책임에서 벗어난 대신에 외롭게 남은 누군가가 있다. 그 누구도 해결할 수 없는 일이다. 절망적이지만 돌이킬 수 없다.

실제로 남겨진 적이 있는 이노세가 기억술사를 막으려고 하는 것은 당연한 듯 보였다.

"너도 나와 같은 생각을 해야 한다고는 생각하지 않아. 나는 이렇게 생각한다는 걸 알아줬으면 좋겠어."

이노세가 부드러운 표정을 지으며 다정한 목소리로 말했다. 아까보다 목소리 톤이 한결 부드러워졌다.

"네. 잘 알겠어요."

진심을 담아 이야기를 들려주었다고 느꼈다.

나쓰키가 끄덕이자 이노세는 또 한 번 살짝 웃고 커피 잔을 끌어당겼다.

설탕을 듬뿍 넣어 저으면서 작게 헛기침을 하고 "그럼, 이제" 하듯이 화제를 되돌렸다.

"그런 연유로 동의를 얻고 본인의 기억을 지우는 경우라도 나는 반대하는 입장인데…… 타인의 기억을 지우고 싶다는 의뢰까지 기억술사가 간단히 받아들여준다면 사태는 더 심각하지."

오래 봐온 사이는 아니지만 평소의 이노세다운 모습으로 돌아왔다.

말로는 같은 생각을 강요하지 않는다고 하면서, 나쓰키가 협조하기로 이미 결정된 것처럼 말하는 이노세가 우스

왔다. 하지만 살짝 무거워진 분위기를 바꾸기 위해 일부러 저러는 것이라고 좋게 해석했다.

나쓰키도 기억술사의 정체에 관심이 있는 것은 사실이었고, 이노세가 진심으로 의심하고 있다고는 생각하고 싶지 않지만 일단 자신이나 메이코가 받고 있는 의심도 풀고 싶었다. 이노세처럼 열정을 갖고 임할 수는 없지만 나쓰키도 일단 함께하기로 마음먹었다.

"예를 들어, 범죄 목격자의 기억을 지우고 싶다는 의뢰를 받았다면?"

"그런 명백하게 나쁜 짓을 한 사람은 안 도와주지 않을까요? 아무리 그래도."

기억술사는 굳이 말하자면 힘들어하는 사람을 도와주는 존재일 것이다. 인터넷상에서도 그렇고, 이노세나 리나에게 들은 이야기를 미루어 판단해도 그 인상은 변하지 않았다.

그 행동을 어떻게 평가할지는 사람에 따라 다르겠지만, 적어도 기억술사 본인은 사람들을 돕기 위해 활동하고 있다는 생각이 들었다.

예외적으로 아무런 의뢰 없이 기억술사의 정체를 알게 되거나 너무 가까이 가게 되면 기억이 사라진다는 것 정도는 알고 있다. 하지만 그것은 기억술사에게도 자신을 지키기 위한 부득이한 수단일 뿐 지우고 싶어서 지우는 것은 아닐 것이다.

기억술사가 나쁜 사람들이 말하는 대로 범죄의 증거를 인멸한다고는 생각할 수 없었다.

이노세도 그건 알고 있을 텐데 하는 나쓰키의 생각을 꿰뚫어 본 듯 그가 물었다.

"물건을 훔쳐서 발각이 된 고등학생이 이대로는 진학이 불가능하다고 이번 딱 한 번만 목격자의 기억을 지워달라고 했다면, 어때? 네가 기억술사라면 지워줄 것 같아? 아니면 자업자득이라고 밀쳐낼 거야? 예를 들어 평소에는 성실하고 착한 애가 딱 그 시기에 스트레스가 너무 쌓여서 충동적으로 그랬다고 그 애가 울면서 반성한다고 한다면?"

대답할 수 없었다. 침묵이 대답이었다.

물어볼 것도 없이 이노세도 알고 있을 것이다.

"나라면 거절할 거야. 지워서는 안 된다고 생각해. 하지만 고민하는 사람도 있지 않을까?"

나쓰키의 대답을 듣지 않고 이노세는 계속 말했다.

"예를 들어, 울면서 애원하는 그 애가 친구라면 더더욱."

그건 사실이었다. 지우는 것이 옳은지 어떤지 절대적인

정답이 있는 것이 아니다. 기억을 지울지는 기억술사의 판단에 맡겨지는 것이다.

(어떤 경우라면 지우는 것이 옳고, 어떤 경우라면 옳지 않을까? 그것을 판단하는 기억술사가 나처럼 다른 사람의 말에 영향을 받고 실패도 하는 평범한 사람이라면.)

이노세가 의심하고 있듯이 K 여대 부속고등학교에 재학 중인 누군가가 기억술사라면, 나쓰키 나이 또래라는 이야기다. 그렇다면 더더욱 악의의 유무와 상관없이 그 존재가 위험하다는 이노세의 주장이 이해가 되었다.

"실연을 당한 여자의 기억을 지워달라는 부탁을 들어줄 정도잖아. 기억술사가 의뢰인을 동정한다면 다른 사람의 기억까지 지워버릴지도 몰라. 물론 그 나름대로 이해할 만한 이유가 없으면 지우지 않을 거라고 믿고 싶지만."

실연의 아픔에 공감해서 기억을 지운 것으로 보아 기억술사의 판단력이 의심스럽다는 주장에는 석연치 않은 부분도 있지만, 그가 느끼는 불안감도 알 것 같았다.

만약 기억술사가 좋은 의도로 잇따라 괴로워하는 사람들의 부탁을 받아들여 타인의 기억까지 지우기 시작한다면 그것은 꽤 위험한 사태일 것이다.

하지만 기억술사가 그런 식으로 간단히 사람들의 기억

을 지웠다면 원인 불명의 기억상실이 빈번히 발생한다고 뉴스거리가 되었을 것이다.

적어도 아직까지는 그런 소식이 들려오지 않았다. 적극적으로 기억술사에 대한 정보를 수집하고 있는 이노세조차 찾아낸 것은 최근 사 년 반 동안 빵집 사건과 리나의 경우 딱 두 건뿐이고, 나쓰키의 기억이 사라진 것까지 쳐도 고작 세 건이다.

기억술사는 약 십 년 전부터 존재했다고 하는데, 그 풍문이 일부 지역에서만 알려진 도시전설에 머물러 있다는 것은 기억술사가 그만큼 신중하게 활동해왔기 때문이 아닐까.

기억술사 스스로도 자신의 능력을, 일단 한번 기억을 지워버리면 두 번 다시 되돌릴 수 없다는 사실을 모를 리 없다.

지금까지 신중하게 의뢰인을 선택해온 기억술사가 갑자기 방침을 변경한다는 가설도 잘 이해가 되지 않았다.

"딱 한 건만 보고 판단하는 건 너무 섣부르지 않아요? 리나 선배한테 뭔가 특별하게 공감할 만한 이유가 있었을지도 모르고요."

반론이라기보다 자신이 느끼는 불안감을 없애기 위해

말했다.

만약 기억술사가 여고생이라면 있을 수 없는 이야기도 아니다. 여고생이 아니더라도, 실연을 당한 경험이 있다거나 어쩌면 리나의 팬이었을 가능성도 있다. 이노세가 보여 준 '용의자 리스트'에는 선생님 이름도 있었다. 예를 들어 리나의 담임 선생님이 제자한테 고민 상담을 받아서 안쓰러운 마음에 그랬다든지, 가능성만으로 생각한다면 얼마든지 생각해낼 수 있었다.

"하긴 샘플 수가 너무 적으니 단정 짓기는 어렵지. 단순히 가타야마 리나가 특별한 케이스였을 수도 있고."

이노세는 고개를 끄덕이며 나쓰키의 의견에 동의를 표했지만, 여전히 자신의 주장을 굽힐 생각은 없는 듯했다.

"그렇다고 해도 기억술사는 완벽한 존재가 아니야. 그 판단을 신용할 수 없다는 점에는 변함이 없어."

이노세는 차분하게 말을 이어갔다.

"기억술사는 감정으로 움직이니까."

그렇게 말하고 이제 겨우 다 식은 커피를 한 모금 마셨다.

*

    방과 후 메이코 방에서 세 시간 정도 공부를 하고 오늘 해야 할 분량이라고 정한 범위까지 어느 정도 복습을 끝냈다. 기말고사까지는 앞으로 며칠밖에 남지 않았다. 이 상태로 가면 전 과목 다 제대로 준비된 상태에서 시험을 치를 수 있을 것 같았다.

    "수고했어, 오늘은 이 정도로만 할까?" 하고 서로를 격려한 다음 보온병에 담긴 달콤한 커피를 컵에 따랐다.

    나쓰키도 메이코도 평소에는 커피를 마시지 않지만, 공부 도중에 졸음을 쫓으라고 메이코 엄마가 준비해주신 것이다.

    우유와 설탕이 듬뿍 들어간 커피를 마시면서 이노세를 떠올렸다. 설탕을 몇 스푼이나 넣을 정도로 단것이 좋으면 케이크든 뭐든 주문하면 될 텐데, 그가 주문하는 것은 항상 커피뿐이었다.

    ('기억술사는 감정으로 움직인다'라……)

    이노세는 그 사실이 옳지 못한 것처럼 말했지만, 나쓰키는 좀처럼 이해가 되지 않았다. 인간이 감정으로 움직이는 게 당연한 일 아닌가?

(옳다거나 옳지 않다거나 그런 것은 다른 문제라고 치고, 도와주고 싶다는 것이 과연 나쁜 일일까?)

나쓰키도 이노세도 감정으로 움직이고 있는데 말이다.

"근데…… 어제 집에 갈 때 볼일이 생겼다고 했잖아."

필기도구를 정리하던 메이코가 문득 생각이 났다는 듯이 물었다.

"아, 어. 아는 사람한테 뭐 좀 도와달라고 부탁을 받아서. 시험 전이라고 말했는데."

마침 기억술사를 생각하고 있었기 때문에 당황했다. 하지만 애써 티가 나지 않도록 신경을 쓰면서 얼버무렸다.

"근데 이번 주 시험이라 공부해야 한다고 얘기해놨으니까 이제 괜찮을 거야."

"그래?"

메이코는 더는 아무것도 묻지 않았다.

하지만 최근에 이노세와 함께 움직이는 일이 많았기 때문에 수상히 여긴다고 해도 어쩔 수 없었다. 교문 앞에서 기다리고 있는 이노세를 눈치 빠른 메이코가 봤을 수도 있다. 작은 입으로 조금씩 커피를 마시는 모습을 곁눈으로 보면서 긴장하고 있다는 자각이 들었다.

(메이코랑 있으면서 긴장이 되다니 뭔가 찜찜하네.)

평소라면 메이코에게 제일 먼저 이야기했을 것이다. 그런데 이번에는 알려지거나 의심을 받지 않도록 조심하고 있다. 메이코가 기억술사일지 모른다고 의심하는 이노세와 함께 다니면서 그 사실을 친구에게 숨기고 있다.

(내가 의심하는 건 아니지만.)

메이코는 나쓰키가 아는 한 누구보다도 올바른 사람이다. 자신과 직접적인 관계가 없는 일이라 해도 옳지 않다고 생각하면 바로잡으려고 하는 그런 사람이다. 그런 메이코를 의심하다니 정말 바보 같은 이야기다. 무엇보다 메이코는 나쓰키에게 숨기는 일 따위는 없을 것이다. 아마 분명…….

하지만 지금 나쓰키는 메이코에게 숨기는 일이 있다.

메이코를 끌어들이고 싶지 않아서, 아니면 슬프게 하고 싶지 않아서, 아니면 위험한 일에 관여하고 있다거나 기억이 사라진 것을 숨겼다는 사실에 화를 낼 것 같아서…….
이 모든 것이 사실이지만 털어놓을 수 없었다.

(그것뿐일까?)

피어오르는 죄책감과 꺼림칙한 기분을 씻어내려는 듯이 남아 있는 아직 뜨거운 커피를 꿀꺽 마셨다.

기억술사는 사람들을 도와주는 존재다. 적어도 나쓰키

는 그렇게 생각하고 있다.

누구에게나 친절하고 곤경에 처한 사람을 그냥 지나치지 못하는 메이코가 만약에 사람의 기억을 지우는 능력을 가졌다면 어땠을까 하고 한 번도 상상을 해보지 않은 것은 아니었다.

하지만 메이코가 절대 무단으로 나쓰키의 기억을 지웠을 리는 없다. 그런 짓을 할 리 없었다.

사에 사건에 관한 기억은 그렇다 치고, 자신의 정체가 나쓰키에게 알려졌다는 이유로 본인의 의사와 상관없이 나쓰키의 기억을 지우는 것은 절대 메이코다운 일이 아니다.

(하지만 무단이 아니라고 한다면?)

문득 머리에 떠오른 생각에 눈이 번뜩 뜨였다.

빈 컵을 든 손에 힘이 들어갔다.

최근 한 달 사이에 어떤 경위로 나쓰키의 어떤 기억이 사라졌는지는 알 수 없다.

알고 있는 것은 나쓰키가 한 달 전에 스스로 기억술사와의 접촉을 시도했다는 것과 그 결과 기억을 잃었다는 사실뿐이다.

갑자기 지금까지 생각하지 못했던 신기할 정도로 단순

한 가능성이 머릿속에 떠올랐다.

(만약에 나한테 지우고 싶은 기억이 있어서, 내가 기억술사를 찾고 있었다면?)

나쓰키가 기억술사의 정체를 밝혀낼 수 있는 정보를 얻어 그것 때문에 기억이 지워졌을 것이라고 이노세는 말했다. 그가 몇 년에 걸쳐서 도달할 수 없었던 기억술사의 정체를 나쓰키가 밝혀냈다고는 생각하기 어려웠다. 기억술사를 찾아내려 했던 동기도 자신이나 메이코에 대한 오해를 풀거나 기억술사를 막기 위해서라는 이유보다, 기억술사가 지워줬으면 하는 기억이 있어서 찾고 있었다고 생각하는 것이 설득력 있어 보였다.

기억술사의 정체에 접근해서 억지로 기억이 지워진 것이 아니라, 스스로 부탁을 해서 기억을 지운 것이라고 한다면 나쓰키 안에 기억술사에 대한 부정적인 감정이 없는 것도 이해가 갔다.

왜 여태 생각이 거기까지 미치지 못했던 걸까. 지금의 자신에게 잊고 싶은 기억이 없기 때문에 한 달 전의 자신이 기억술사에게 부탁을 했다는 상황을 상상할 수 없었던 것이다.

한 달 전의 나쓰키가 원해서 기억을 지웠다면 이야기는

완전히 달라진다.

　(나는 만약에 메이코가 울고 있다면 힘든 기억 따위 지워주고 싶을 거야. 누군가가 이기적이라고 한다 해도 상관없어.)

　메이코는 어떨까?

　메이코는 언제나 옳지만, 친구를 괴롭게 하는 기억을 지우는 것은 메이코에게 옳지 않은 일일까?

　"나쓰키?"

　"아, 미안. 좀 멍해 있었네."

　메이코가 나쓰키의 얼굴을 들여다보자 나쓰키는 웃으며 머리를 긁적였다.

　모든 것은 상상이다. 가능성이 있는 이야기에 불과하다. 가능성만으로 불안해해봤자 해결되는 것은 아무것도 없다.

　이노세가 의미심장한 이야기들만 하니까 조금은 영향을 받은 듯했다.

　(하지만 가능성이 전혀 없지는 않아.)

　만약 그 상상이 사실이라면 자신은 기억술사에게 무엇을 부탁했을까?

　이제 와서 알 길은 없다. 게다가 뭔가를 부탁하기는 했는지조차 아직 모르는 일이다.

왜일까, 알고 싶다는 생각이 들지 않았다.

뭔지 모르게 조금 무서워졌다.

이노세로부터 마리야 슈의 기억이 사라졌다는 메일을
받은 것은 기말고사를 끝낸 겨울방학 기간 중이었다.

옮긴이 민지희

일본 메이지 대학교에서 일문학을 전공했으며, 현재 전문번역가로 활동 중이다.

기억술사 2: 처음이자 마지막

1판 1쇄 발행 2017년 4월 24일
1판 11쇄 발행 2024년 5월 1일

지은이 오리가미 교야 **옮긴이** 민지희
펴낸이 김영곤 **펴낸곳** (주)북이십일 아르테
문학팀 김지연 원보람 권구훈 **디자인** 데시그
마케팅2팀 나은경 정유진 백다희 이민재
출판영업팀 최명열 김다운 권채영 김도연
제작팀장 이영민 권경민

출판등록 2000년 5월 6일 제406-2003-061호
주소 (우 10881) 경기도 파주시 회동길 201(문발동)
대표전화 031-955-2100 **팩스** 031-955-2151

(주)북이십일 경계를 허무는 콘텐츠 리더

아르테 채널에서 도서 정보와 다양한 영상자료, 이벤트를 만나세요!
페이스북 facebook.com/21arte   **인스타그램** instargram.com/21_arte
포스트 post.naver.com/staubin   **홈페이지** arte.book21.com

ISBN 978-89-509-6961-5 (04830)
       978-89-509-6963-9 (세트)